Contos da Tartaruga Dourada

www.estacaoliberdade.com.br

Contos da Tartaruga Dourada

Kim Si-seup

Contos da Tartaruga Dourada

Tradução, notas e textos complementares
Yun Jung Im

2ª edição

Estação Liberdade

Título original: 금오신화 / *Geumo Sinhwa*
© Editora Estação Liberdade, 2017, para esta tradução

Preparação	Silvia Massimini Felix
Revisão	Cecília Floresta
Assistência editorial	Fábio Fujita e Gabriel Joppert
Composição e supervisão editorial	Letícia Howes
Edição de arte	Miguel Simon
Imagem de capa	Autor desconhecido, Biombo de Dez Folhas com "Dez Símbolos da Longevidade" (detalhe), séc. XIX, pintura em seda, National Palace Museum of Korea (www.gogung.go.kr). Licença: KOGL/Korea Open Government License
Coordenação de produção	Edilberto F. Verza
Editor responsável	Angel Bojadsen

A PUBLICAÇÃO DESTE LIVRO CONTOU COM SUBSÍDIO DO
LITERATURE TRANSLATION INSTITUTE OF KOREA (LTI KOREA).

CIP-BRASIL. CATALOGAÇÃO NA PUBLICAÇÃO
SINDICATO NACIONAL DOS EDITORES DE LIVROS, RJ

S636c

Si-seup, Kim, 1435-1493
    Contos da tartaruga dourada / Kim Si-seup ; tradução Yun Jung Im. - São Paulo : Estação Liberdade, 2017.
    176 p. : il. ; 19 cm.

    Tradução de: Geumo sinhwa
    ISBN: 978-85-7448-284-2

    1. Conto coreano. I. Im, Yun Jung. II. Título.

17-41810   CDD: 895.7
                                      CDU: 821(519.5)

15/05/2017   15/05/2017

Todos os direitos reservados à Editora Estação Liberdade. Nenhuma parte da obra pode ser reproduzida, adaptada, multiplicada ou divulgada de nenhuma forma (em particular por meios de reprografia ou processos digitais) sem autorização expressa da editora, e em virtude da legislação em vigor.

Esta publicação segue as normas do Acordo Ortográfico da Língua Portuguesa, decreto nº 6.583, de 29 de setembro de 2008.

Editora Estação Liberdade Ltda.
Rua Dona Elisa, 116 | 01155-030 | São Paulo-SP
Tel.: (11) 3660 3180 | Fax: (11) 3825 4239
www.estacaoliberdade.com.br

금오신화

Sumário

11 Notas introdutórias

17 Um jogo de varetas no Templo das Mil Fortunas

47 Yi espreita por cima da mureta

79 Embriaguez e deleite no Pavilhão do Azul Suspenso

105 Visita à Terra das Chamas Flutuantes do Sul

131 O banquete esvanecido no Palácio do Fundo das Águas

161 Ao fim do Volume Primeiro

163 Sobre o autor

169 Sobre a obra

Notas introdutórias

Dinastia Joseon, Reino das Manhãs Calmas, século XV. Eis o cenário de uma mudança radical experimentada pelos coreanos, comparável apenas àquela que se processa nos dias de hoje, a da modernização/ocidentalização. Se esta última tem desafiado os valores e a estrutura confucionistas da sociedade coreana, tendo à frente a Revolução Industrial, o sistema capitalista e a religião cristã, aquela do século XV promovia uma revolução epistemológica não menos radical, em que se pretendia banir o budismo em prol da construção de um Estado neoconfucionista. As implicações dessa guinada envolvem um golpe de Estado que instituiu a dinastia Joseon ("Reino das Manhãs Calmas"), em 1392, em detrimento da Goryeo ("Reino da Alta Beleza"), 918 a 1392, Estado fortemente budista, pondo fim a quase um milênio de budismo na história dos reinos coreanos. Envolveu também o desmantelamento de uma estrutura política viciada em promiscuidade com a Igreja budista, bem como a adoção de um sistema político, administrativo e econômico que visava corrigir a concentração cada vez maior de bens nas mãos de um seleto grupo de aristocratas.

Para os revolucionários, entretanto, o cerne da mudança era acima de tudo filosófico: elegeram Mêncio como mentor de seus ideais, filósofo chinês do século IV a.C. que permaneceu um tanto esquecido pelo cânone confucionista até ganhar destaque por meio da escola neoconfucionista a partir do século XII. Mêncio é conhecido hoje em dia como um filósofo político revolucionário, cuja visão se justifica pela ideia de que o povo é dotado de uma bondade intrínseca, em contraste com um bando de governantes facilmente corruptíveis pelo poder. Assim, o novo Estado buscava, em suma, um racionalismo social e político e, nesse contexto, deu-se grande destaque à legitimidade moral dos governantes, e por conseguinte o budismo foi rebaixado a um sistema de crenças fantasiosas, como a transmigração das almas ou a ideia do carma, que confundiriam as pessoas, fazendo-as se distanciar da realidade.

Talvez essas observações ajudem o leitor a entender as discussões que aparecem no conto "Visita à terra das Chamas Flutuantes do Sul" quanto aos deveres morais dos governantes e à crítica ao budismo, conteúdos que aparecem também esparsamente nos demais contos. Vemos isso quando, por exemplo, Park comenta:

> Já ouvi budistas dizerem que "acima do céu há um lugar cheio de alegria chamado paraíso e também um lugar de sofrimento chamado inferno, e que, neste último, dez grandes reis se postam para torturar os criminosos dos dezoito infernos".

Ou indaga:

> E dizem que um morto tem seus pecados perdoados se, passados sete dias da morte, alguém prestar um ritual de oferendas ao Buda, queimando incenso e dinheiro para desejar a subida de sua alma ao céu. Mas mesmo alguém perverso e violento merece esse generoso perdão?

Denuncia também as práticas budistas que considera nefastas:

> No mundo, depois que os pais morrem, não se realizam mais cerimônias fúnebres e de condolência após completar 49 dias. A partir de então, concentram-se em prestar oferendas, tanto aqueles de posição elevada quanto os inferiores. Um rico abusa do seu dinheiro e incomoda o ouvido das pessoas, enquanto os pobres chegam a vender plantações e casas, ou ainda tomam emprestado dinheiro e grãos. Fazem bandeiras

de papel, flores com retalhos de seda, reunindo monges para rezar pela boa fortuna. Produzem, ainda, bonecos de argila, chamando-os de "pastor budista", que supostamente presidem as cerimônias, cantando hinos budistas e entoando cânones, sons estes que se assemelham, para mim, a pássaros gralhando e ratos guinchando. Não se pode encontrar neles nenhuma filosofia propriamente dita. O primogênito do falecido traz a esposa e os filhos, e convida os amigos, de modo que, na reunião, se misturam homens e mulheres, o terreno sagrado do templo se torna uma latrina a céu aberto, repleto de cocô e xixi, e o lugar sagrado onde o Buda alcançou a iluminação se transforma numa feira barulhenta. Ainda por cima, evocam os Dez Reis do inferno, prestando rituais com banquete e queimando dinheiro, a fim de pedir perdão pelos pecados.

A divindade que o atende responde:

Nunca ouviu falar das palavras de um antigo sábio que dizia: "No céu não pode haver dois sóis, e no reino não pode haver dois reis"? Por isso, não posso acreditar nas palavras dos budistas. Não entendo por que queimar incenso e dinheiro para desejar a subida da alma de um morto ao céu, ou prestar cerimônia de oferendas ao rei! Peço que me expliques com mais detalhes as enganações e falsidades do mundo humano!

E se lamenta: "Ai, ai, como é que se chegou a esse ponto?"

Entretanto, o que temos ao longo dos contos é um desfile de divindades, reinos de imortais, o amor entre vivos e mortos e outras cenas tão irreais e fantasiosas quanto as ideias do inferno ou da reencarnação budistas. Como se não bastasse, faz-se menção a banquete budista, espanador budista, tesouro budista e templos e rituais budistas como elementos referenciais louváveis, em que se pode vislumbrar a cultura budista solidificada e entranhada no cotidiano por mais de mil anos entre os coreanos. Daí, podemos observar que há um intenso sincretismo entre a doutrina taoísta, a filosofia budista e as crenças xamânicas nativas, e, ainda, a ideologia confuciana das ordens socialmente estabelecidas. De certa forma, pode-se dizer que as cinco histórias revelam um grande choque de identidade interno do autor, próprio de alguém que vive uma época de transição, em que se busca a justiça política e social por meio da ideologia neoconfucionista centrada na ordem político-social da vida humana, mas que carrega, em sua matriz emocional, a incorporação de diferentes camadas de explicação do mundo praticadas ao longo dos tempos e que foram se tornando natureza adquirida.

Um ponto a se observar é o fato de a obra ter sido redigida em ideogramas chineses, a escrita vigente à época, tendo a escrita coreana *hangeul* — código de fundo alfabético, isto é, com representação de sons em vez de ideias — sido inventada pelo Grande Rei Sejong em 1443. Embora a nova escrita dos coreanos estivesse promulgada desde 1446, a classe dos letrados a relegaria ao segundo plano ainda por um longo tempo, e não sem motivo: toda a literatura acumulada até então se erigia sobre os clássicos chineses, sendo estes a grande fonte da sabedoria num mundo em que o estudo da filosofia e da poesia constituía a flor do conhecimento, além de ser o parâmetro utilizado para medir a virtude moral da pessoa e fundamentar a legitimidade de um bom governante. Nesse contexto, a própria escrita *hangeul*, desprovida de significado, era considerada de pouco valor, e o conhecimento dos ideogramas e dos clássicos chineses media, no final das contas, o grau da virtude moral. Por isso, as numerosas referências que se encontram na obra sobre as lendas e figuras mitológicas, além das citações de clássicos chineses, devem ser entendidas como um imperativo da época para demonstrar sua erudição, ou, em outras palavras, sua virtude moral e a legitimidade para ser ouvido.

Y. J. I.

Um jogo de varetas no Templo das Mil Fortunas

Em Campos do Sul, vivia um rapaz chamado Yang. Havia perdido os pais quando menino e, como ainda era solteiro, morava sozinho na edícula leste do Templo das Mil Fortunas.

Era primavera, e um pé de pereira em pleno desabrochar de flores brancas iluminava a frente da edícula, como se fosse uma árvore esculpida em jade branco ou um amontoado de prata.

Em noites de lua clara, Yang costumava demorar-se embaixo da pereira e também entoava poemas com sua voz límpida e sonora.

> Uma pereira toda florida faz-me companhia nesta solidão
> Quão infeliz sou, a desperdiçar esta noite de lua tão clara!
> Seria muito esperar o som de flauta de uma linda donzela
> A entrar pela janela solitária de um jovem deitado só?

O martim-pescador, que nunca voa só, não encontra seu par
E até o fiel pato-mandarim[1] banha-se em águas claras sem
  a companheira
E aquele que joga go ali, sozinho, não terá ele
  compromissos?
Pois lê a sorte com as flores da lanterna, acosta-se na janela,
  e se lamenta

Quando Yang acabou de entoar todo o poema, de súbito uma voz se fez ouvir em pleno ar.

— Se teu desejo verdadeiro é encontrar uma linda esposa, por que te afliges tanto em pensamentos?

Ao ouvir essas palavras, seu coração se encheu de alegria.

O dia seguinte era justamente 29 de março, quando havia o costume de se acender lanternas no Templo das Mil Fortunas e rezar pelas graças de Buda. Nessa ocasião, muitos homens e mulheres se reuniram no templo, orando, cada qual, por seus desejos.

Depois que o dia se pôs e as odes ao Buda se encerraram, assim como os passos também rarearam, Yang entrou no santuário e se postou diante da imagem de Buda. Então, sacou de sua manga alguns pauzinhos de madeira e os depositou à sua frente:

---

1. O pato-mandarim, multicolorido com lindas cores, é símbolo de fidelidade conjugal.

— Hoje quero jogar uma partida de varetas convosco. Se eu perder, prestarei um banquete budista em vossa homenagem. Mas, se perderdes, devereis realizar meu desejo de ter uma linda esposa.

Yang terminou de proferir o desejo e jogou os pauzinhos de madeira. Ao verificar que havia vencido a partida, ajoelhou-se no mesmo instante e disse:

— Com o resultado já definido, não podeis me enganar de jeito nenhum, ouvistes?

Em seguida, escondeu-se embaixo da base que sustentava a imagem de Buda e ficou esperando que a promessa se realizasse. Pouco depois, de fato apareceu uma moça muito bonita. Devia ter cerca de quinze anos; trazia os cabelos repartidos ao meio e duas longas tranças laterais; seu traje era um tanto simples e ela parecia ser uma donzela bem meiga. Linda! Como um anjo caído do céu ou uma deusa surgida do mar. Por mais que a olhasse, sua figura era impecável.

A moça levantou um vidro de óleo, verteu-o na lamparina e acendeu um incenso. Depois, fez três reverências ao Buda, ajoelhou-se e murmurou, com um triste suspiro:

— Entendo que uma vida possa ser desafortunada! Mas a esse ponto?

Sacou então uma carta de desejos que trazia no peito e a depositou na mesinha em frente ao Buda. Eis seu conteúdo:

Este alguém que vive na região tal, na vila tal, vos roga! Isso ocorreu num dia em que a linha de defesa da fronteira se rompeu e os piratas japoneses atacaram. Fios de espada preencheram minha visão e labaredas de fogo subiram ao céu por dias.

Os piratas japoneses puseram fogo nas casas e saquearam o povo. As pessoas da vila correram para o leste e para o oeste, afoitas em fugir para todas as direções. Em meio a essa confusão, meus familiares e os servos acabaram se espalhando por aí, cada qual para um destino.

Com esse corpo frágil feito um salgueiro de riacho, eu não podia ir longe e por isso me escondi no fundo do quarto das mulheres. Ali, mantive minha pureza até o fim. Esquivei-me da desgraça preservando minha conduta limpa.

Quando voltaram, meus pais ficaram orgulhosos da filha que guardara a pureza e me despacharam para um refúgio distante, para que eu vivesse escondida por um tempo. E isso já faz três anos.

Ocorre que deixo apenas passar o tempo, dia após dia, inútil como a água do rio que flui ou a nuvem que vaga sem rumo. De coração partido, os dias passam em vão, tanto em noites de lua no outono quanto em manhãs de flores na primavera.

Lamentei por anos esta vida desafortunada, solitária num vale vazio sem vestígio de gente. Afligi-me todas as noites passadas às claras, sentindo-me sozinha como o lindo e

sagrado pássaro Nan das lendas — conhecido por sua fidelidade conjugal —, que perdera seu par.
Com o passar dos dias e das luas, meu espírito foi se devastando. Nas tardes de verão e noites de inverno, minhas entranhas parecem se dilacerar e as vísceras, se rasgar. Senhor Buda, peço encarecidamente que me estenda sua misericórdia.
Sei que o destino de uma vida já vem traçado e o carma das vidas passadas não pode ser evitado. Mas, se houver algum laço destinado a mim, peço que eu o encontre o quanto antes e possa desfrutar da alegria de ter um par. Peço com todo o coração!

A moça jogou a carta no chão e pranteou, aos soluços. Yang ficou olhando para ela através da fresta, sem conseguir conter a ternura. Saltou então para fora de súbito e lhe dirigiu a palavra:

— Por que motivo entregaste aquela carta ao Buda?

O rosto de Yang, que lera a carta de súplica da moça, transbordava de luz e alegria.

— Quem és tu, para ter vindo até aqui sozinha?

— Também sou humana. O que há para suspeitar? Creio que tudo o que o senhor deseja é ter uma linda esposa, não é? Por que tem de perguntar meu nome? Não há nada para ficar perturbado desse jeito — respondeu ela.

Na verdade, o Templo das Mil Fortunas já se encontrava bastante decaído, de modo que os monges habitavam juntos num canto do templo. Em frente ao santuário, restava melancólico um portão conjugado com um depósito vazio, e havia um quarto de assoalho bem estreito onde acabava o depósito.

Yang seduziu a moça e a levou para lá. Ela o seguiu sem sinal de hesitação. Os dois conversaram e se deleitaram sem nenhuma diferença em relação às pessoas comuns.

A noite já ia alta, e a lua surgiu por cima da colina. A sombra da lua balançava na moldura da janela, quando de repente se ouviram passos do lado de fora.

— Quem está aí? Será minha serva? — perguntou a moça.

— Sim. A senhorinha não costuma pôr o pé além do portãozinho do quintal e, mesmo quando o faz, não dá mais que três ou quatro passos. Mas, na noite passada, saiu de repente sem dar notícias! Como é que veio até aqui?

— O que aconteceu hoje não pode ser um mero acaso. Com a ajuda do céu e do Buda, encontrei uma pessoa maravilhosa, e com ela desejo viver e envelhecer por cem anos. Casar sem me comunicar com meus pais seria contrariar os ensinamentos confucianos, mas acabei deleitando-me em prazer com ele. É, com certeza, um encontro singular nesta minha vida. Vá e traga almofadas, bebida e frutas — ordenou ela.

A serva então arrumou o jardim conforme as ordens, e, nisso, já se adentrava a madrugada.

A mesinha posta era simples e sem floreios, e o aroma da bebida era intenso: decerto não era algo que pudesse ser experimentado no mundo dos humanos. Tudo aquilo poderia causar dúvidas e estranheza, mas o sorriso da moça era cristalino e belo, e seus gestos, elegantes, de modo que, para Yang, ela devia ser a filha preciosa de uma família nobre que transpusera o muro de casa, e não duvidou mais disso. Então, a moça serviu-lhe um cálice da bebida e ordenou à serva que cantasse para alegrá-los:

— Essa menina com certeza vai cantar uma música velha, do jeito antigo. Que tal se eu criar uma nova letra para uma melodia antiga, para aumentar nossa alegria?

Yang assentiu sem hesitar. Ela compôs de pronto uma letra diferente sobre a melodia já conhecida do "Rio tingido de vermelho"[2] e fez com que a serva a entoasse:

---

2. Melodia chinesa popular da época da dinastia Song (960-1279); refere-se a uma planta aquática que adquire coloração vermelha a temperaturas frias. Na canção original, o rio tingido de vermelho por essa planta é um símbolo de patriotismo.

Quão fina minha blusa de seda, neste friozinho de primavera!
Quantas vezes consumida de aflição, enquanto o braseiro esfria...
As montanhas se emaranham em azul-negro no escuro do sol já posto
E as nuvens noturnas se estendem como guarda-chuvas
Só, sem um amado para me acompanhar na coberta de seda bordada com patos-mandarins
Com uma varinha de ouro espetado no coque, sopro a flauta
Quanta aflição em meio a este tempo tão veloz
E quanta angústia me enche o coração!
O biombo de prata é baixinho e a lanterna vai se extinguindo
Ainda que eu limpe as lágrimas sozinha, quem me consolará?
Mas quanta alegria nesta noite!
Pois uma melodia, como aquela do flautista chinês Zou Yan
Capaz de fazer voltar a ida primavera
Vem dissipar a mágoa encerrada no túmulo por uma eternidade
Verto um cálice de bebida ao som da "Canção dos fios de ouro"
Quanto arrependimento por noites de outrora
A adormecer solitária, de sobrancelha franzida e abraçada à mágoa!

Terminada a canção, a moça disse com uma expressão tristonha:

— Não pude cumprir a promessa de encontrá-lo na Ilha de Penglai[3], mas hoje encontrei meu antigo amado à beira do Rio Claro.[4] Como isso não seria uma fortuna concedida pelos céus? Se não me abandonares, tratar-te-ei com todo o zelo até o derradeiro fim. Mas, caso não atendas ao meu desejo, iremos nos apartar para sempre, como o céu e a terra.

---

3. Referência ao Monte Penglai chinês, montanha mitológica na qual o imperador Xuanzong (685-762), da dinastia Tang (618-907), teria encontrado a alma de sua amada morta, Yang Guifei, tida como a mulher mais linda no imaginário dos orientais, a ponto de emprestar seu nome à flor de ópio. Ela era, originalmente, esposa de um dos vários filhos do imperador com suas concubinas, que acaba enfeitiçado ao vê-la dançar numa época em que estava desolado depois de perder a esposa. A partir de então, o imperador usa de todas as medidas para tê-la, e, não tendo contraído novo matrimônio, ela ocupou, na realidade, a posição da imperatriz. Entretanto, o imperador apaixonado passou a descuidar de tudo, chegando a colocar o império em perigo e levando a amada à morte.

4. Originalmente, designa o conjunto dos Rios Xiao e Xiang, mas se refere à região de lagos e rios chamada Xiaoxiang, no centro-sul da China. Xiao significa "claro e profundo", também um adjetivo usado para descrever o Rio Xiang. Entretanto, trata-se de uma referência mais simbólica do que geográfica, uma vez que, por um tempo, foi um lugar de exílio injusto de ministros talentosos mal reconhecidos pelos soberanos. Por isso, Xiaoxiang passou a designar um gênero da poesia clássica chinesa cuja temática trata da separação e injustiça. Diz-se que, em chinês, a própria sonoridade da palavra remete a uma simbologia fonética da tristeza.

Ao ouvir essas palavras, Yang, tão emocionado quanto surpreso, respondeu:

— Como eu ousaria não seguir tuas palavras?

Mas, como nada era ordinário na atitude da moça, Yang ficou a observá-la com atenção.

Nesse ínterim, a lua parecia estar pousada no pico do monte a oeste, e o canto do galo se espalhava por aquela vila remota. Junto com o primeiro sino do templo, a alvorada começou a irromper ao longe.

— Ei, você, recolha as coisas e volte para casa — ordenou ela.

De pronto, a serva desapareceu, mas não era possível dizer para onde. E a mulher voltou a se dirigir a Yang:

— Agora que o destino já está traçado, pega minha mão e vem comigo.

Os dois foram caminhando, passando por casas simples e comuns. Cachorros latiam por trás das cercas e pessoas passavam por eles. Mas os transeuntes não pareciam perceber que Yang caminhava ao lado da moça e se limitavam a perguntar:

— Aonde vai tão cedo assim?

— Estava deitado no Templo das Mil Fortunas, bêbado, e agora estou indo para a vila onde vive uma velha amiga — respondia ele.

Quando chegou o alvorecer, a moça puxou-o de repente para dentro de um matagal fechado. O campo estava todo orvalhado e não era possível enxergar o caminho.

— Como é que podes morar num lugar destes? — perguntou Yang.

— A casa de uma moça que vive sozinha é assim mesmo — respondeu ela, entoando um verso do *Livro das odes*[5], como um chiste:

> Por que não se caminha à noitinha
> Pela estrada toda úmida de orvalho?
> É porque há orvalhos demais![6]

Yang, de pronto, respondeu com um outro verso do *Livro das odes*:

> Aquela raposa ali, rondando para cá e para lá
> Sobre a ponte do rio
> É a mocinha do Reino de Qi entretida
> Pelas ruas tranquilas do Reino de Lu[7]

---

5. Um dos cinco clássicos chineses, os quais teriam sido compilados por Confúcio.
6. Poema que expressa o cortejo de um homem e a sutil recusa da mulher.
7. Dinastia Lu (1042-249 a.C.) chinesa, reino onde nasceu Confúcio. O poema é uma colagem de versos do *Livro das odes*, com alusão à sedução de uma mulher.

Assim, os dois gargalharam juntos.

Por fim, chegaram à Vila do Sossego, onde o campo estava coberto de ramos de artemísia e espinheiros se apinhavam como se fossem perfurar o céu. E ali havia uma casa, pequena mas asseada.

A moça levou-o para dentro, onde havia cortinas e cobertores bem-arrumados, parecidos com aqueles ofertados na noite anterior.

Yang permaneceu ali por três dias.

As alegrias que desfrutou naquele lugar eram as mesmas do mundo humano. A serva era linda sem ser ardilosa, e os pratos eram limpos, mas sem enfeites, e por um momento Yang suspeitou não se tratar do mundo dos homens. Mas tão profundamente afeiçoado já estava que não pensou mais no assunto nem se preocupou com isso.

— Três dias aqui são como três anos no mundo dos homens. Agora, deves voltar para tua casa e cuidar de teus afazeres — indicou a moça.

Por fim, fizeram o banquete da despedida. Entristecido, Yang disse:

— Como já pode ser a hora da despedida?

— Um dia iremos nos encontrar de novo para realizar completamente o desejo de toda uma vida. Se viestes até este humilde casebre é porque com certeza deve ter havido uma ligação passada em nossos destinos. Que tal encontrar minhas amigas vizinhas antes de partir?

Yang concordou.

A moça logo ordenou à serva que chamasse as vizinhas das quatro direções. A primeira se chamava J.; a segunda, O.; a terceira, K.; e a quarta, Y. Todas eram moças solteiras e aparentavam ser de famílias nobres e raras, sendo parentes e vizinhas da moça. Eram belas e dotadas de personalidade dócil e afável. Eram inteligentes, sabendo ler e compor poesia, e cada uma ofereceu um poema como lembrança de despedida.

J. tinha maneiras elegantes e o cabelo dividido ao meio, armado como dois tufos de nuvem, mas ligeiramente desalinhado abaixo das orelhas. Suspirando, recitou seu poema:

> É bela a luz da primavera sob a qual desabrocham flores
> É delicada a luz da lua
> Já não se sabe quantas primaveras se foram
> Em dias passados em pesar
> Lamentando não poder voar pelo céu azul junto de seu
>   par
> Tal qual o lendário pássaro-rei que só voa em par,
> Pois o macho e a fêmea têm, cada qual, um só olho e uma
>   só asa
>
> Como passar esta noite, se não há faísca na lamparina
>   dentro da tumba

A Ursa Maior acabou de se deitar no horizonte e até a lua
  se põe
Não há quem procure esta minha tumba cheia de tristeza
Minha blusa azul se amarrotou e os cabelos pendentes se
  desalinharam

A promessa de amor feita com flores de cerejeira se desfez
  ao fim,
O vento da primavera se foi, e agora já não há mais jeito
Quantas manchas desenhei sobre o travesseiro com
  lágrimas!
A chuva que cai por todo o jardim castiga as flores da
  pereira

Como são vãos esses sentimentos na plenitude da
  primavera,
Quantas noites se passaram encerradas nesta montanha
  vazia e erma
Se não se vê alma viva sobre a Ponte do Sul?
Quando afinal o viajante Pei Hang encontrará sua ninfa
  celestial?[8]

---

8. Referência a uma lenda chinesa, segundo a qual um homem chamado Pei Hang, do Reino de Tang, viajou para o interior e, quando passava por uma ponte chamada Ponte do Sul, encontrou a ninfa celestial Flor de Nuvem e se casou com ela.

A outra moça, O., tinha os cabelos amarrados para trás e era bonita, apesar de parecer frágil. Sem poder conter as emoções, recitou seu poema:

> Depois de queimar incenso no templo, no caminho de volta
> Joguei uma moeda às escondidas — quem será meu par?
> Quando flores desabrocham na primavera e sobe a lua de outono, coagula em mim uma tristeza sem fim
> Quiçá poderei derretê-la com um copo de bebida, sentada frente a frente com o barril?
>
> O orvalho da madrugada molha a face rosada da flor de pessegueiro
> As borboletas não chegam a este vale profundo, nem mesmo na mais alta primavera
> Mas eis que me alegro subitamente, pois um espelho de cobre partido se junta outra vez na vizinhança
> Faço então uma nova canção e verto bebida no cálice de ouro
>
> Todo ano a andorinha-das-chaminés[9] dança ao vento da primavera

---

9. Nome científico: *Hirundo rustica*. Pássaro que representa o início da primavera. Há um dito popular segundo o qual as andorinhas-das--chaminés que atravessaram o rio voltam na primavera.

Mas como é vão este amor que ferve por dentro
Quanta inveja daquela flor de lótus que se banha nesta
    noite profunda
Em companhia da folha que a sustenta na superfície do
    lago

Sentada solitária no pagode de um pavimento só em meio
    à montanha verde
Que dó desta minha vida, sem a sorte daquelas duas
    árvores a entrelaçar seus ramos
De onde desabrocha uma flor vermelha que só
As lágrimas entornam sobre esta juventude desafortunada

K. tinha uma postura bem ereta e era sóbria. Molhou o pincel, repreendeu a eroticidade dos poemas anteriores e disse:

— Sobre o acontecimento de hoje, seria suficiente descrever a cena tal como ela é, sem excessos. Mas então por que ficar derramando emoções guardadas a ponto de perder a integridade? Por que deixar esses sentimentos triviais ao conhecimento do mundo dos homens?

E recitou o poema com voz cristalina:

Ao cessar o choro do cuco-pequeno, já é perto do raiar
A Via-Láctea esmaecida já se deita a leste
Nunca mais zombe de mim, quando sopro a flauta de jade

Pois temo que as pessoas do mundo conheçam este
   coração em busca do amor

Dedico-te o cálice de ouro cheio de bebida
Não digas não, pois certo é embriagar-se com ela
Se amanhã cedo o vento primaveril for bravo e a terra
   esvoaçar em poeira
Como não passaria de um mero sonho esta paisagem
   primaveril?

A manga de seda azul pende lânguida
Beberei em meio à música até enjoar
Não hei de partir até que este arroubo se acabe
Componho uma nova melodia sobre uma nova letra para
   cantar

Quantos anos se passaram desde que o cabelo armado
   como nuvem se sujou de pó e terra?
Agora vamos abrir um sorriso bem grande, pois
   finalmente encontrei o amado
Não façamos com que o encontro onírico no Lago
   Nuvem de Sonhos
Seja apenas um tema de deleite para as artes do mundo
   dos homens[10]

---

10. No império Chu (1042-223 a.C.) chinês, havia um lago chamado Sonho
de Nuvem, com um pavilhão construído no meio dele. Um dia, o rei

Y. usava uma leve maquiagem e roupas simples, sem muitos floreios ou requinte, mas demonstrava recato e disciplina. Permaneceu quieta e, então, esboçou um sorriso e compôs um poema.

> Há quantos anos guardo firme esta plena fidelidade
> A alma perfumada e os ossos qual jade acabaram enterrados
>   nas profundezas do mundo dos mortos
> Em noites de primavera, costumava dormitar sozinha
> Ao lado das flores da árvore da lua[11] na companhia da
>   ninfa lunar
>
> Engraçado, flores de pessegueiro e ameixeira caem uma
>   a uma no jardim alheio
> Vencidas pelo vento da primavera
> A vida inteira não deixei cair sujeira em minha roupa
> E agora temo que macule o bom jade do Monte Kulun[12]

    Xiang adormeceu no pavilhão quando uma ninfa celestial foi ao seu encontro em sonho.

11. Segundo uma lenda que busca descrever o formato das manchas da lua, há um coelho lá batendo um pilão debaixo de uma árvore, que em português é conhecida pelo nome japonês de *katsura* (nome científico: *Cerdipiphyllum japonicum*). Sendo este nome obscuro para a maioria dos leitores, preferi chamá-la de "árvore da lua".

12. A mais longa cadeia de montanhas da China, que se estende por mais de três mil quilômetros, é também conhecida como o paraíso taoísta. Segundo a lenda, o primeiro a visitá-lo foi o rei Mu (976-922 a.C.), da dinastia Zhou, que supostamente teria descoberto o Palácio de Jade do

Já nem me importo com a maquiagem e o cabelo é uma
   touceira
A poeira se amontoa sobre a penteadeira e o espelho já
   enferrujou
Hoje, afortunadamente, compareci a uma festa da vizinha
E com pudor fico a olhar a coroa de flores vermelhas,
   linda sem igual

Hoje a noiva fez par com o noivo estudioso das letras
Esse encontro há de ser perfumado, pois é destino cruzado
   pelo céu
O lendário velhinho sob a lua já atou o cordão de nosso
   destino[13]
A partir de agora, tratem-se como Meng Guang —
   conhecida por sua devoção ao esposo
E o estudioso Liang Hong[14]

A moça, emocionada pelas últimas palavras do poema de Y., avançou alguns passos:

Imperador Amarelo, o iniciador mítico da civilização chinesa. Diz-se que o Monte Kulun é rico em jade.

13. Referência a uma lenda da dinastia Tang chinesa, segundo a qual um jovem encontra, numa noite de lua clara, um velhinho lendo o *Livro dos matrimônios*. O velho carrega uma bolsa cheia de linhas vermelhas que servem para amarrar os pés de moços e moças predestinados ao casamento.
14. Casal lendário chinês do Reino de Han do Leste (25-220), conhecido como o casal modelo no imaginário oriental.

— Eu também tenho algum conhecimento em letras, como poderei ser a única a nada dizer?

Logo, compôs um poema fixo de quatro rimas[15] e sete versos, e o recitou:

> Tenho abraçado a tristeza da primavera neste vale da Vila do Sossego
> Lamentando a cada florescer e murchar das flores
> Sem poder ver-te nas nuvens dos Montes da Magia do Reino de Chu[16]
>
> Espalhei lágrimas à sombra dos bambus na beira do Rio Claro
> Enquanto um par de patos-mandarins tomava sol no rio de águas límpidas
> No céu azul, onde brincam sabiás, as nuvens já se dissiparam
> E agora que estamos unidos pelo laço do destino
> Não me faças amaldiçoar um dia claro de outono como este
> A me sentir como um leque de seda perdido de utilidade

---

15. Do texto original redigido em ideogramas chineses, tanto a métrica quanto as rimas foram deixadas de lado nas traduções para o coreano moderno. Diante das dificuldades semânticas, tal procedimento foi adotado também para a tradução em português, priorizando a reprodução do lirismo.
16. Império Chu (1030-223 a.C.).

Yang, que também era conhecedor de versos, viu que a poesia delas era pura e sobriamente graciosa, além de possuir uma sonoridade deveras bela, comparável a uma peça de ouro ou jade. Por isso, cobriu-as de elogios e, no mesmo instante, compôs uma peça de pés curtos e longos à moda antiga para retribuir:

> Que noite será esta
> Para encontrar fadas como elas
> Os rostos, qual flores, como podem ser tão delicados?
> E os lábios vermelhos são como uma cerejinha doce!
> Até os versos que crio se excedem
> Fariam, certamente, calar até a lendária poeta Yian do Reino de Song!
> Será que a Princesa Tecelã[17] largou o novelo e desceu pelo cais da Via-Láctea?

---

17. Referência a uma das lendas mais amplamente difundidas no Extremo Oriente, com pequenas diferenças locais. Nela, a Princesa Tecelã (Jingnyeo, em coreano) e o Pastor do Gado (Gyeonu, em coreano) se apaixonam de tal modo que se esquecem de todos os seus afazeres. Punidos, são transformados, respectivamente, nas estrelas Vega e Altair, e separados pela Via-Láctea. Aos dois, seria permitido apenas um encontro anual, no dia 7 de julho do calendário lunar, atravessando uma ponte formada por gralhas-pretas (pássaro de mau agouro; nome científico: *Corvis corone orientalis*) e pegas-rabilongas (pássaro de inverno que simboliza bom agouro; nome científico: *Pica pica serica*) sobre a Via-Láctea. A referência está associada a um casal apaixonado.

Ou será que a fada da lua largou o pilão de ervas e fugiu para cá?[18]

Os trajes alinhados combinam com o banquete de raros enfeites, como casco de tartaruga do mar

Entre cálices que vão e vêm, quanta alegria nesta festa!

Apesar de não estarem habituadas ao deleite dos prazeres

Bebem, cantam e se alegram umas às outras!

Quanto júbilo, que errância afortunada a minha, de entrar nesta ilha encantada de Penglai[19]

E encontrar essas moças no desfrutar das artes!

A bebida, límpida como jade, transborda nos cântaros perfumados

O aroma delicado de cânfora sobe pelo incensário em formato de leão dourado

O pó de incenso esvoaça sobre a cama de jade branco

E a brisa balança o véu de seda azul

Encontrar a amada e juntar os cálices do matrimônio

Como nuvens de algodão coloridas que se misturam

Tantas histórias antigas que ouvimos

De encontros entre homens e ninfas celestiais não devem ter sido vãs!

Tais encontros são predestinados com certeza nesta vida

---

18. Referência a uma lenda oriental inspirada nas manchas da lua, cujas formas se assemelhariam a um coelho socando um pilão.

19. Uma das várias ilhas imaginárias onde viveriam divindades. Ver a nota 3.

Pois então, levantemos as taças e embriaguemo-nos por
inteiro!
Mulher! Como podes falar tão levianamente
De jogar o leque ao vento de outono?
Tornemos a ser marido e mulher, vida após vida, era após era
Brincando juntos sob o luar e sombra das flores

Quando se despediram depois de tomar toda a bebida, a mulher entregou-lhe uma tigela de prata.

— Amanhã, meus pais oferecerão um banquete no Templo do Lótus Precioso em minha homenagem. Se estás certo de que não irás me abandonar, espera-me no caminho do templo e vai comigo até lá para ver meus pais, o que pensas?

— Farei isso! — respondeu Yang.

No dia seguinte, Yang ficou a esperá-la à beira do caminho do Templo do Lótus Precioso segurando a tigela de prata, como ela lhe havia indicado.

E então apareceu de fato uma família de nobres vindo numa longa procissão de carroças e cavalos para rezar a cerimônia dos 25 meses da finada filha. Ao ver um moço segurando a tigela de prata na beira do caminho, um dos servos reportou ao nobre:

— Parece que alguém roubou uma coisa que foi enterrada no túmulo da senhorinha.

— O que quer dizer com isso? — indagou o nobre.

— Refiro-me à tigela de prata que aquele moço está segurando.

Então, o nobre parou o cavalo à frente de Yang e perguntou como conseguira a tigela. Yang respondeu conforme a mulher orientara, e os pais dela ficaram intrigados e surpresos:

— Tínhamos uma única filha, que morreu quando os piratas japoneses invadiram a vila. Nem pudemos arrumar um túmulo apropriado para ela e a deixamos enterrada provisoriamente no vale do Templo do Sossego. Ficamos adiando o enterro formal, mas estamos indo fazer isso agora. Hoje se completam 25 meses de sua morte, de modo que desejamos fazer uma breve cerimônia a fim de abrir seu caminho para o outro mundo. Peço que espere por minha filha conforme combinaram. Por favor, não se assuste — disse o pai, retomando o caminho.

Yang ficou sozinho esperando-a.

Quando chegou a hora prometida, viu um vulto trêmulo de mulher despontando na companhia de uma serva. Era ela. Os dois se alegraram, deram-se as mãos e entraram no templo. Assim que passou pelo portão, ele fez uma reverência aos pais dela e entrou num cortinado branco ali preparado. Em meio a todos — parentes e monges do templo —, incrédulos, somente Yang podia vê-la.

— Eu queria fazer ao menos uma refeição junto contigo — disse ela.

Yang transmitiu a mensagem para seus pais que, desejando se certificar, pediram-lhe que comesse com ela. Ouviam então apenas o barulho dos talheres, como se a moça estivesse realmente comendo ali. Os pais, atônitos, ficaram a se lamentar, e aconselharam Yang a dormir ao lado do cortinado. No meio da noite, uma voz harmoniosa começou a falar, mas, quando alguém tentava ouvir, interrompia de súbito, e depois continuava.

— Sei bem que violei as leis do outro mundo. Tenho certo conhecimento sobre os rituais e as etiquetas, pois estudei o *Livro das odes* e os quatro livros confucianos.[20] Não ignorava que levantar a ponta da saia e seguir um homem fosse um ato obsceno, nem que desconhecer a etiqueta era algo vergonhoso. Mas, morando no meio de um espesso matagal de artemísia, acabei ignorando as etiquetas, e, uma vez que acendeu em mim a vontade de amar, não consegui vencê-la de jeito nenhum. Por isso, quando fui rezar no Templo das Mil Fortunas, queimei um incenso ao Buda, enquanto lamentava minha falta de fortuna. Foi quando acabei me encontrando com meu par de três vidas. Tudo o que eu queria era levar uma vidinha humilde honrando-te, preparando tua bebida, costurando tuas roupas e cumprindo todos os deveres de uma boa esposa. Mas, que tristeza, não era

---

20. Os quatro livros e os cinco clássicos, atribuídos a Confúcio quanto à compilação, compõem o chamado cânone dos clássicos chineses.

possível me esquivar do carma, e agora devo seguir o caminho para o outro mundo. Nem pudemos desfrutar de toda a nossa alegria, e agora a despedida se abate sobre nós. Preciso partir, como se voltasse caminhando pelo biombo adentro, como o deus do relâmpago guia os trovões para uma direção, como a chuva e a nuvem que se esvaem no mirante, como as gralhas-pretas e pegas--rabilongas se dispersam na Via-Láctea. Depois de nos despedirmos, será difícil que voltemos a nos encontrar. A partida se aproxima e não sei o que te dizer, de tanta tristeza e inquietação.

Na hora de deixar sua alma partir, o pranto de mulher não cessava, mas, quando ele ia sair pela porta, a voz ficou bem tênue a dizer:

> Eu me despeço com dor no coração
> pois o destino já está traçado,
> Mas, meu amor, não irás, acaso,
> se distanciar de mim, não é?
> Pobres dos meus pais,
> que não puderam me casar por suas mãos...
> Isso vai deixar um rancor não resolvido
> lá na lonjura do outro mundo

O som restante foi desaparecendo, até que não mais se distinguiam os soluços. Os pais da moça, ao ver o que ocorrera entre sua filha e Yang, não duvidaram mais dele nem fizeram outras perguntas. A tristeza de Yang redobrou ao saber que ela era, na verdade, um espírito, e então juntou sua cabeça às deles e chorou com os dois.

— Quanto à tigela de prata, use-a como quiser. Também há uma terra de lavoura com alguns escravos em nome de nossa filha. Faça delas um sinal de seu compromisso e não se esqueça de nossa filha, por favor — pediu-lhe o pai da moça.

No dia seguinte, Yang comprou carne e bebida, e foi procurar a casa onde estivera com ela. Viu então que, de fato, era um túmulo provisório onde ela estivera enterrada. Yang dispôs sua oferenda e, chorando de tristeza, queimou cédulas de dinheiro numa homenagem fúnebre. Também compôs uma ode para consolar a alma dela:

Ah, alma amada,
Fostes dócil e bela desde a nascença
E límpida e pura quando crescida
Teus lindos traços eram como a lendária beldade Xi Shi[21]

---

21. Xi Shi (506 a.C.-?) ficou conhecida como uma das Quatro Beldades da China antiga. Conta a lenda que, quando ela se inclinava de sua sacada para olhar os peixes do lago, estes ficavam tão fascinados com sua beleza a ponto de se esquecerem de nadar, afogando-se.

E teus versos virtuosos superavam os da igualmente
   mítica poeta Zhu Shuzhen[22]
Jamais deixaste o recinto das mulheres,
E cumpriste sempre os ensinamentos da família
Guardaste teu corpo por inteiro em meio à guerra
Perdeste a vida no encontro com os piratas japoneses
Teu coração deve ter se ferido cada vez que te deparaste
   com as flores e a lua,
Vivendo sozinha, apoiada nas moitas de artemísia
Entristeceste com as lágrimas de sangue do cuco-pequeno
E tuas vísceras se esgarçaram na geada de outono
A lamentar a falta de par para seu leque de seda
Naquela noite, quando nos encontramos por acaso
E atamos o fio-do-coração-unido,
Enchemo-nos de alegria como peixes que encontraram
   sua água
Mesmo sabendo que vivemos em mundos separados
Queríamos viver juntos por cem anos
Mas como saberíamos da triste separação da noite para
   o dia?
És a divindade que vive nas costas do pássaro mítico da lua

---

22. A poeta chinesa Zhu Shuzhen (1135-1180) teve um casamento infeliz com um oficial. Conta-se que teria tido um caso extraconjugal, ou cometido suicídio, e os pais dela teriam queimado seus poemas, que foram reunidos postumamente sob o título de *Versos dolorosos*, pois são, em sua maioria, sobre dores de amor.

E que faz jorrar chuva sobre os Montes da Magia
Sei que não consegues mais voltar para a terra, de tão
 escuro
E que o céu não pode mirá-la, de tão longínquo
Mesmo que eu volte para casa, não poderei dizer
 palavra, como que enfeitiçado
E mesmo quando sair, não saberei para onde ir, de tão
 esparso
Lágrimas cegam a vista cada vez que me posto defronte à
 faixa que abriga tua alma,
E a tristeza se assoma quando verto bebida
Parece que vejo teu semblante, doce e delicado
Parece que ouço tua voz, sonora e cristalina
Ah, quanta tristeza,
Tua natureza era brilhante
E teus ares, claros,
Ainda que nossas três almas se esvaneçam,
Acaso se esvairia o espírito?
Com certeza descerias do céu para caminhar sobre o
 nosso quintal
E te demorarias ao meu lado exalando um puro perfume
Ainda que os caminhos da vida e da morte divirjam entre si,
Sei que irás te emocionar com estas palavras

Yang jamais superou o amor e a tristeza pela amada. Vendeu as terras e a casa e, com isso, prestou três noites

seguidas de cerimônia fúnebre. Ao final dos três dias, ouviu, enfim, a voz da mulher no ar.

— Graças à tua dedicação, nasci de novo, no outro mundo, num corpo de homem. Ainda que teu mundo e o meu estejam separados, agradeço profundamente por tua graça. Desejo que voltes agora a cultivar um darma, novo e limpo, e que com isso possas também te libertar do grilhão da transmigração da alma.

Yang não voltou a se casar. Entrou para os Montes Jiri, onde viveu extraindo ervas, mas ninguém sabe como ele terminou seus dias.

Yi espreita por cima da mureta

Na antiga capital do reino coreano da Alta Beleza[23] vivia um rapaz chamado Yi, nos arredores da Ponte dos Camelos.[24] Tinha dezoito anos, um olhar cristalino e era extremamente talentoso. Começou a frequentar a Academia das Letras desde cedo e costumava ler poesia até enquanto caminhava.

Não longe dali, na Vila do Bom Bambu, vivia uma donzela da rica família Choi. Devia ter uns quinze ou

---

23. Dinastia Goryeo (918-1392), que deu origem ao nome Coreia. Sua capital, Gaeseong, pertence hoje ao território norte-coreano, perto da fronteira entre as duas Coreias.

24. Ponte localizada na cidade de Pyeongyang, capital da Coreia do Norte, cujo nome tem origem num episódio histórico do início do século X. Os *kithans*, que ocupavam a região ao norte do reino, enviaram emissários e cinquenta camelos para felicitar a instauração da dinastia Goryeo (Alta Beleza), mas o rei, que via os *kithans* como um povo selvagem e desprezível, mandou exilar os emissários e amarrar os camelos debaixo de uma ponte até que morressem de fome.

dezesseis anos, era bela e exímia bordadeira, além de talentosa poeta. Por isso, as pessoas assim os elogiavam:

> Moçoilo Yi, conhecedor das artes
> E donzela Choi, bela e recatada
> Só de ouvir sobre seus talentos e formosura
> As tripas esfaimadas podem se saciar

Cada vez que Yi saía para a Academia com um livro debaixo do braço, passava ao lado da casa dos Chois. Junto da amurada norte daquela casa, dezenas de pés de salgueiro-chorão formavam um círculo, onde Yi costumava descansar sob o balanço de seus ramos.

Um dia, Yi espreitou por cima da mureta. Inúmeras flores estavam abertas pelo jardim e, por entre elas, abelhas e pássaros disputavam cada uma das flores com seu trinado. Num canto do jardim havia um pequeno gazebo, semienvolto por uma cortina de contas e um véu de seda que pendia baixo; a imagem lhe veio aos olhos quase translúcida, por entre os botões de flor. Dentro do gazebo, uma linda mulher descansava por um momento a agulha de bordar; apoiando-se sobre o queixo, ela entoava um poema:

> Quão lentamente estou a bordar, encostada só no véu da janela

Quão delicado o canto do figo-loiro por entre tantos
   botões de flor!
Lamento em vão o vento de primavera
E em silêncio descanso a agulha a absorver-me em
   pensamentos

Aquele moçoilo que passa ali fora, de qual família será?
Entrevejo sua veste azul caminhando por entre os ramos
   pendentes de salgueiro
Quisera eu me tornar uma andorinha-das-chaminés
Para voar baixinho por cima da cortina de contas, por cima
   da mureta

Ao ouvir esses versos, Yi não conseguia vencer a vontade de exibir seu dote em poesia. Mas o portão daquela casa era muito alto, e a casa principal, bem como o jardim interno, ficavam nos fundos, de modo que, sem ter o que fazer, ele acabou deixando o lugar com imenso remorso.

No caminho de volta, Yi escreveu três estrofes numa folha de papel branco, amarrou-a num caco de telha e a jogou por cima da mureta.

Uma névoa espessa encerra os doze picos dos Montes da
   Magia
Mas um deles se descobre e se exibe em matizes de
   vermelho

Será o sonho solitário e angustiado do rei Yang
A se tornar nuvem, a se tornar chuva, pronto para descer
   pelo alpendre?[25]

Dizem que, quando o poeta chinês Sima Xiangru visitou o
   Reino de Shu Han
E se encantou com a viúva Zhuó Wénjun[26],
O amor que encerrava em seu coração já era bem profundo
Formosas flores de pessegueiro e de ameixeira
   avermelham o topo da mureta
Em que chão elas irão se espalhar, seguindo os caminhos
   do vento?

Será este encontro bênção ou desventura?
Suspiros inúteis, um dia que parece um ano inteiro!
O casamento está arranjado por um poema de vinte e oito
   caracteres

---

25. Segundo uma lenda, o rei Xiang do Reino de Chu (1042-223 a.C.), da China antiga, descansava num pavilhão alto onde acabou dormindo, quando uma mulher desceu do céu e se deitou com ele. Ao partir, ela teria dito que vivia numa colina ao sul dos Montes Mu, e que se tornaria nuvem pelas manhãs e chuva à noitinha para descer ao seu alpendre.
26. Sima Xiangru's (179-117 a.C.), proeminente poeta e músico da China antiga, considerado representante referencial da literatura clássica chinesa. Numa viagem ao Reino de Shu Han, encantou-se por Zhuó Wénjun (175-121 a.C.), conhecida nos dias de hoje como uma das Quatro Virtuosas da China Antiga, por sua poesia e música.

Em que dia encontrarei minha divindade da Ponte do Sul?[27]

Choi ordenou à serva que fosse observar o que havia sido jogado no jardim. Era justamente o poema de Yi. Ela o leu várias vezes, e seu coração se encheu de alegria. Então, escreveu alguns caracteres num pedaço de papel e o jogou para fora da mureta.

— Não desconfies de nada e prometas me encontrar ao crepúsculo.

Yi fez conforme o escrito: esperou o dia escurecer e foi até a casa de Choi. Ao se aproximar, viu um galho de pessegueiro entortado para fora da mureta, balançando de leve diante de seus olhos. Mais de perto, viu que o galho pendia com uma corda amarrada a um cesto de junco. Ele então se segurou na corda e pulou a mureta.

Oportunamente, a lua já se erguia por sobre a colina e o chão estava repleto de sombras de flores, exalando um aroma límpido, numa cena por demais adorável. Yi até suspeitou se não teria adentrado no mundo das divindades. Ainda que o coração se enchesse secretamente de alegria, sabia que seu desejo era clandestino e seus atos, sigilosos, de modo que estava tenso, com os cabelos em pé.

---

27. Ver a nota 8.

Olhou à sua volta e viu a moça já sentada sobre um tapete florido. Ela havia colhido flores com sua serva, que agora se debruçava sobre a cabeça de Choi, enfeitando-lhe os cabelos com flores. Num canto escuro do jardim, havia um leito arrumado sobre o chão.

Ao vê-lo, ela sorriu e recitou dois versos:

Entre os ramos de pessegueiro e ameixeira, botões de flor nos encantam
E um luar delicado jorra sobre o travesseiro bordado de pato-mandarim, símbolo da fidelidade

Yi deu continuidade, recitando também seus versos:

Se acaso amanhã a notícia da primavera vazar mundo afora
Desventurada te tornarias sob uma impiedosa tormenta

Choi perturbou-se:

— Eu pretendia me tornar tua esposa e desfrutar da alegria infinita de dar o melhor de mim ao teu lado. Como então podes dizer uma coisa dessas? Eu, que na pele de mulher estou a me manter imperturbada, o que tu, com todo o brio de um moçoilo, estás a dizer? Se, depois, o que ocorrer neste recinto for revelado e meus pais me repreenderem, estou pronta para tomar as responsabilidades, mesmo sozinha. Serva minha, traga bebida e biscoitos.

A serva então se retirou, seguindo as ordens da patroa. Tudo estava quieto e deserto ao redor, sem nenhum sinal de gente.

— Onde estamos? — perguntou Yi.

— Nos encontramos debaixo de um pequeno pagode, na colina que fica atrás da casa de meus pais. Eles têm um amor muito especial por mim, pois sou sua única filha. Construíram este gazebo para eu me alegrar e brincar junto com minha serva nas primaveras, quando desabrocham flores de todos os nomes, numa explosão de cores e aromas. Meus pais não escutarão nem se rirmos e falarmos alto, pois a casa deles fica distante daqui — respondeu Choi.

Ela verteu uma bebida aromática num cálice e a ofereceu ao rapaz. Enquanto Yi bebia, Choi recitou um poema em estilo arcaico.

> Sobre o corrimão ondulado, flores de rosa-louca miram a superfície da água
> Enquanto os enamorados sussurram dentro dos botões de flor sobre o lago
> No ar cristalino de primavera uma névoa perfumada se adensa como flores de algodoeiro
> Componho uma nova letra sobre a melodia antiga da Dança das Vestes Brancas[28]

---

28. Canção folclórica popular da China antiga.

A lua já se inclina e a sombra das flores repousa sobre as almofadas
Puxando junto os longos ramos e fazendo chover uma chuva de flores vermelhas
A brisa espalha o perfume límpido que penetra pelas vestes
E dança sobre a luz da primavera a filha de Jia Chong[29]
A blusa de seda roça de leve o ramo de rosa-rugosa
E acabou acordando o papagaio que dormia em meio às flores

Yi retribuiu de pronto com outro poema:

Será que adentrei, por puro acaso, no paraíso lendário da Terra dos Pessegueiros?
Tantas ideias e sentimentos inefáveis entre tantas flores de pessegueiro
Teus cabelos trançados formam duas nuvens, com um discreto enfeite de ouro
E tua blusa leve de primavera é de linho rústico azul

---

29. Jia Chong (217-282) foi um destacado oficial da China antiga, conselheiro de regentes e servidor próximo do imperador. Uma de suas filhas se apaixonou por um rapaz de tal maneira que entregou a ele um fino perfume que o pai havia recebido de presente do imperador. Jia Chong percebe que a filha roubara o perfume ao encontrar o rapaz e sentir seu cheiro. Entendendo assim a profundidade de seus sentimentos, teria permitido que a filha se casasse com ele.

Como uma única flor florescida num único ramo, ao vento
   de primavera
Ventania de chuva, não vente na miríade dos ramos!
Pois agitaria tuas longas mangas e faria balançar tua
   sombra
A deusa da lua dança sob a sombra da árvore lunar[30]
Mas não ensines ao papagaio a nova letra que compuseste
Pois a apreensão antecede mesmo antes que se consuma
   o bom feito

Quando acabou de receitar seu poema, Choi disse:
— O que aconteceu hoje com certeza não é um encontro simplório. Por favor, vem comigo e vamos compartilhar o amor.

Choi entrou pela porta norte e Yi a seguiu. Havia uma escada pendurada no pagode, e quando subiram por ela apareceu um quarto de sótão. Os objetos de escrever estavam bem-arrumados sobre a mesa. Numa das paredes havia duas pinturas de motivos bastante conhecidos: uma de montanhas em camadas sobre um rio enevoado, e outra de um bambu junto de uma velha árvore. As duas traziam poemas, mas não era possível ver o nome do autor.

---

30. No mito oriental da lua há, além do coelho socando um pilão e da ninfa lunar, uma árvore que lá habita. Essa árvore ficou conhecida no Brasil como *katsura*, pois foi trazida pelos japoneses. Ver a nota 11.

O poema na primeira pintura era assim:

De quem terá sido a ponta deste pincel, tanta força a
 transbordar
Pintando montanhas em camadas em meio ao rio?
Majestosa! Monte do Jarro ao Mar Leste, onde vivem
 divindades, como dizem
Sua metade desponta em meio a longínquas nuvens
Ao longe, as montanhas sinuosas se estendem por
 centenas de milhas
E, perto, um pico pontudo se ergue como um caracol
 esverdeado
As ondas verdejantes chegam a tocar o céu no horizonte
Miro a luz do crepúsculo e sinto saudades da terra natal
Miro esta pintura e o coração se enche de melancolia
Feito um barco flutuando sobre o Rio Claro em meio à
 ventania e à chuva

E eis o poema na segunda pintura:

Pareço ouvir o vento na floresta de bambu, fechada e funda
Velha árvore caída enviesada parecendo encerrar um
 amor profundo em si
Musgos entranhados nas dobras e nós das raízes
Velhos ramos se esticam para o alto afugentando o vento
 e o trovão

Desfruto sozinho desta harmonia
Como revelar a outrem esse insólito estado da arte?
Agora que o mestre Yan Wei e o filho de Tong Wen já se
    tornaram espíritos?³¹
E ainda que revelasse a energia do céu, quantos iriam
    compreender?
Posto-me à janela e me demoro a mirar
Acabar-me-ei completamente absorta na maestria de seu
    pincel misterioso

Numa outra parede havia quatro poemas cantando as paisagens das quatro estações, mas também não era possível ver a autoria. A caligrafia seguia a escola de Mengfu Zhao, e era muito precisa e delicada.³²

O primeiro poema era assim:

A cortina de flores de lótus é cálida, e um aroma se espalha
Lá fora, o chuvisco de primavera está a desabrochar as
    flores de ameixeira
Acordo de um sonho ao sino da madrugada neste quarto
    de sótão

---

31. Referência a dois pintores lendários da China antiga, respectivamente da dinastia Tang (618-907) e Song (960-1279), época de ouro da cultura chinesa.
32. Mengfu Zhao (1254-1322), burocrata da dinastia Song do Sul (1127-
-1279), exímio pintor e calígrafo. Sua caligrafia, a qual leva seu nome, influenciou calígrafos na Coreia e no Japão.

Ouço o canto dos sabiás sobre o dique, coberto de flores
de sino-dourado

Enquanto os filhotes das andorinhas-das-chaminés crescem
a cada dia,
Posto-me sentada no fundo deste aposento
Lânguida e sem palavras, descanso a agulha de ouro
As borboletas voam em pares em meio às flores
Disputando corrida atrás das pétalas que quedam à
sombra do jardim

O frio já arrefecido roça a saia verde
Mas as tripas se dilaceram neste vento vão de primavera
Dançam os patos-mandarins em meio a flores em plena
florada
Mas quem poderá ponderar este meu sentimento de
desesperança?

A luz da primavera se encerra no fundo na casa de Huáng
Sì Niáng[33]
Pétalas vermelhas e folhas verdes balançam à janela

---

33. Num poema de Du Fu (712-770), da dinastia Tang, considerado o maior poeta chinês ao lado de Li Bai, há referência sobre a "casa de Huáng Sì Niáng", figura desconhecida, onde "havia tantas flores que dez milhões de botões pesavam sobre os ramos".

Murmuro lamúrias de primavera em meio às folhas
   verdes que enchem o quintal
Suspendo de leve a cortina de contas a olhar as flores que
   caem

O segundo poema era assim:

Aos primeiros gérmens de trigo, vêm os filhotes das
   andorinhas-das-chaminés
Vejo flores de romã que enchem o lado sul do quintal
A moçoila que maneja a tesoura à janela
Estaria a cortar o crepúsculo cor de ameixa para fazer
   uma saia?

Cai um chuvisco nesses tempos de cerejeira amarela
O figo-loiro canta na árvore de acácia e a andorinha-das-
   -chaminés atravessa a cortina de contas
Assim vai murchando, mais uma vez, a paisagem de um ano
Caem flores de lótus enquanto brotam gérmens de bambu

Colho uma nêspera ainda verde e a jogo para o pássaro
   figo-loiro
Um vento se inicia no corrimão sul, onde a sombra do sol
   se demora
Da folha de lótus um aroma se espalha enquanto o lago
   está a ponto de transbordar

Lá ao fundo da superfície azul-trêmula, mergulhões lavam
   os cabelos

Sobre o tablado de madeira, a textura parece dançar em
   ondas
Dentro do biombo, um filete de nuvem flutua sobre o Rio
   Claro
Absorta em ócio dormente, sem poder despertar do
   sonho da tarde
O sol que bate de soslaio na janela é o mesmo que tinge
   o céu d'oeste

O terceiro poema era assim:

O vento soturno de outono faz adensar o orvalho frio
O luar é delicado e o outono ondula verdejante
Gansos selvagens se vão aos choros: um choro, dois choros...
Ouço novamente a folha de paulóvnia cair sobre a água
   do poço

Abaixo do leito, bichos de todos os nomes choram em
   lamúria
E sobre o mesmo a bela moça verte lágrimas, formando contas
O amado se encontra no campo de batalha a mais de mil
   milhas
Mas nesta noite o luar deve ser claro até sobre a fronte

Tento cortar o tecido para uma roupa nova, mas a tesoura
   está gelada
Chamo baixinho pela serva e digo para trazer o ferro de passar
Ela, sem ter notado que o fogo já se extinguira no braseiro,
Para sua cítara e timidamente coça a cabeça

Quando flores de lótus caem e as folhas da bananeira
   amarelam no pequeno lago
É quando cai a primeira geada sobre o telhado pintado de
   patos-mandarins
Sem meios para evitar uma nova mágoa sobre a lamúria
   antiga
Ouço até grilos a chorar no quartinho de fundo

O quarto poema era assim:

Um ramo de cerejeira lança sua sombra janela adentro
Sobre o casebre d'oeste o luar é claro, mas o vento é frio
Revolvo novamente o fundo do braseiro com a vara
E chamo pelo menino servo para trocar o fogo

À geada noturna as folhas do mato se assustam amiúde
Em remoinho, a ventania de neve invade o longo alpendre
Vago em sonhos a noite toda suspirando pelo amado
E me demoro no antigo campo de batalha sobre o rio
   congelado

O sol vermelho que enche a janela é cálido como um dia
   de primavera
E as sobrancelhas carregadas de pesar mostram sinais de
   sono
A jovem cerejeira encerrada no vaso revela timidamente
   sua face
De pudor, fico apenas a bordar patos-mandarins, sem
   dizer palavra

Uiva o vento de geada arranhando o mato ao norte
Desassossega-me o grulhar das gralhas-pretas ao luar
De frente à lamparina, paro a agulha por um instante e
   penso no amado
Lágrimas escorrem e molham os pontos

 Ali havia um pequeno quarto, onde estavam arrumados um cortinado, os lençóis, o cobertor e também os travesseiros. Tudo era muito delicado e limpo. Do lado de fora do cortinado, queimavam um incenso e uma lamparina a óleo com aroma de orquídea, que iluminava o quarto como se fosse dia com sua luz resplandecente.
 Yi permaneceu ali por alguns dias, desfrutando da alegria perfeita do amor junto a Choi. Mas, um dia, disse a ela:
 — Os sábios antigos já nos ensinaram que "um filho deve avisar os pais para onde vai ao sair". Mas, veja, já se passaram três dias sem que eu tenha podido dar

cumprimentos de dia e de noite aos meus pais. Com certeza estarão escorados em pé no portão de casa à minha espera. Por certo, estou faltando com o dever de filho.

Mesmo descontente, Choi assentiu com a cabeça e ajudou Yi a pular a mureta para retornar à sua casa.

Depois dessa ocasião, não houve um dia sem que Yi fosse ver Choi à noite. Numa delas, seu pai lhe perguntou:

— Se sais de casa pela manhã e voltas à noitinha, sei que é para aprender os ensinamentos de benevolência e justiça que os antigos sábios nos deixaram. Mas o que acontece por esses dias, que estás saindo ao crepúsculo e voltando somente de madrugada? Na certa, andas por aí aprendendo com os imprudentes, pulando o muro da casa de estranhos e se esbaldando em intimidade com a moçoila de alguma família. Se isso vier ao mundo, os outros me condenarão dizendo que não ensinei os filhos com rigor. E, caso a moçoila seja filha de uma família de alta estirpe, com certeza ela sujará o nome da família por tua insensatez e, assim, teremos causado transtorno à família dos outros. Isso não é algo trivial. Irás neste momento para a região do Sul da Cumeeira para comandar os escravos e supervisionar a plantação. E não retornarás mais.

No dia seguinte, Yi foi despachado para o município de Mata Fechada.

Choi esperou por Yi todas as noites no jardim de flores. Mas ele não voltou até que se passassem vários meses. Choi pensou então que Yi estivesse doente e mandou a serva perguntar para os vizinhos às escondidas. Os vizinhos lhe disseram:

— Já faz meses que Yi foi punido pelo pai e mandado para o Sul da Cumeeira.

Ao ouvir isso, Choi adoeceu a ponto de passar vários dias acamada. Revirava o corpo para cá e para lá sem poder se levantar, e chegou a não conseguir sequer engolir água. Sua fala perdeu o nexo e o rosto ficou pálido e esquálido.

Os pais de Choi acharam estranho e ficaram a perguntar repetidamente, mas Choi cerrava os lábios e nada revelava. Um dia, vasculhando a caixa de papéis da filha, descobriram o poema que Yi mandara como resposta a Choi. Só então compreenderam, sobressaltados:

— Por um triz, quase perdemos nossa filha!

E perguntaram:

— Quem é Yi?

A essa altura, Choi também não podia mais segredar. Com uma voz em tom muito baixo, saída a custo da garganta, confessou a verdade:

— Papai, mamãe, não ouso esconder isso, pela graça de terem me criado. Matutando comigo mesma, entendi que o sentimento de amor entre um homem e uma mulher é um caminho natural do ser humano, um acontecimento deveras importante. Talvez seja por isso que haja um poema no *Livro das odes* alertando para que não se perca a hora propícia para o casamento, a exemplo de uma ameixa que cai quando atinge a plenitude. Mas o *Livro das mutações* também diz ser algo nefasto a mulher não resguardar sua castidade.[34] Com este corpo delgado e vacilante feito um ramo de salgueiro, não pude cumprir a lição de que uma moça deve se casar antes de murcharem as folhas da amoreira-branca, e acabei molhando minha roupa no orvalho da rua. Agora estou prestes a ser zombada pelos vizinhos. Acabei cedendo aos atos que me foram alertados, assim como uma videira se escora em outra árvore sem conseguir se sustentar sozinha. Meu pecado transborda e estou a causar estorvos à família. Mas, depois que o moço desleal roubou o perfume da família de Jia Chong[35], a mágoa se desdobrou em mil caminhos dentro de mim. A suportar uma solidão tão ressentida neste corpo frágil e franzino, o afeto e a saudade se aprofundaram a cada dia e a enfermidade piorou, chegando agora a ponto de me fazer perder a vida. Desconfio que logo me tornarei um

---

34. O *Livro das odes* e o *Livro das mutações* são duas obras que compõem os chamados cinco clássicos chineses, os quais teriam sido compilados por Confúcio (551-479 a.C.).

35. Ver a nota 29.

espírito cheio de rancor. Se puderem atender ao meu desejo, serei capaz de preservar ao menos a vida que ainda me resta. Mas, se recusarem essa súplica, restar-me-á apenas a morte. Ainda que fique a perambular por entre este mundo e o dos mortos junto com ele, juro-lhes que jamais me casarei com um moço de outra família.

Com isso, os pais de Choi souberam do desejo da filha e não fizeram mais perguntas. Apenas se esforçaram para arrefecer seus sentimentos, ora com cautela, ora com consolos. E, com toda a etiqueta que se esperava de um casamento arranjado, consultaram a família de Yi sobre a intenção de casar os jovens.

O pai de Yi fez perguntas sobre o histórico da família de Choi e disse:

— Meu menino cometeu uma traição momentânea por ser ainda bastante jovem, mas é seriamente estudado e possui uma aparência que também não é de causar vergonha a outrem. Nosso desejo é que, daqui para a frente, passe no concurso público e no futuro se torne um administrador renomado. Não desejamos buscar um casamento às pressas.

O casamenteiro voltou da casa dos Yis e transmitiu as palavras ao pai de Choi. Então, os Chois enviaram uma nova mensagem com as seguintes palavras:

— Todos os amigos de minha geração elogiaram seu filho por seu notável talento. Ainda que no momento esteja recolhido, como haverá de permanecer assim até o fim? Acredito que seja afortunado definirmos uma boa data para breve e juntar as alegrias das duas famílias.

Quando o casamenteiro foi transmitir essas palavras aos Yis, seu pai se justificou:

— Eu também tenho estudado os clássicos por meio de livros desde quando era jovem, mas envelheci sem ter alcançado sucesso. Os escravos fugiram, a ajuda dos parentes é pouca, dificultando nosso sustento, e nossa vida é precária. Como uma família de tradição e próspera, tal qual a sua, desejaria receber como genro um estudioso que não passa de um pobretão humilde? Com certeza, aqueles que elogiaram em demasia nossa família quiseram ludibriá-los, pois devem gostar de provocar incidentes.

O casamenteiro voltou de novo com essas palavras, ao que o pai de Choi replicou:

— Providenciaremos todos os afazeres, das formalidades e dos dotes do noivo, bem como os trajes para o noivado. Gostaríamos apenas que fixassem uma data auspiciosa para iluminar as velas do matrimônio.

O casamenteiro voltou mais uma vez e transmitiu o recado.

Quando a conversa chegou a esse ponto, os Yis passaram a reconsiderar e chamaram o filho para perguntar qual era o seu desejo. Sem conseguir vencer a alegria, Yi compôs um poema:

Há tempo para tudo, mesmo para um espelho quebrado se
   juntar novamente em círculo,
Gralhas-pretas e pega-rabilongas da Via-Láctea ajudaram-nos
   a selar esse formoso compromisso
Agora o velhinho sob a lua deseja atar o nó da linha
   vermelha do destino[36]
Por isso, não te ressintas do cuco-pequeno, mesmo em
   meio ao vento da primavera

Depois de ouvir essa notícia, Choi se recuperou aos poucos da doença. E até compôs um poema:

Eras uma ligação malfadada, mas de fato uma união
   agraciada?
As palavras de juramento finalmente se concretizaram
Quando será o dia em que puxarei a pequena carroça
   junto com o amado?
Hei de me levantar logo e arrumar meu enfeite de cabelo
   florido!

Depois, consultaram os dias mais afortunados e celebraram o casamento, reatando o cordão do amor que havia se partido. Os dois se amaram e se respeitaram, com deferência e consideração mútuas, como tratariam as

---

36. Ver a nota 13.

visitas mais ilustres. Poderiam muito bem se equiparar até mesmo aos casais lendários da história conhecidos por sua lealdade e devoção. No ano seguinte, Yi passou no concurso público, alcançando um alto cargo, e sua fama correu pela corte.

No décimo ano de seu reinado, o rei Gongmin retirou-se para a cidade chinesa de Fucheu a fim de fugir dos piratas terrestres chineses, conhecidos como turbantes vermelhos.[37] Estes queimaram casas, mataram civis e comeram os gados. Nem os casais e parentes conseguiam se proteger mutuamente, cada um tendo de buscar seu meio de se salvar, fugindo para cá e para lá, e se escondendo como podiam.

Yi também fugiu para as montanhas com a família, mas um dos piratas veio atrás dele, brandindo uma espada. Por um fio, ele conseguiu fugir e poupar a vida, mas Choi acabou capturada. Quando o bandido tentou violentá-la, ela o repreendeu aos gritos:

— Seu demônio digno de ser devorado pelo tigre! Mate-me e engula-me! Ainda que eu morra e entre para a barriga de um lobo ou cão selvagem, como poderia me tornar par de um maldito que não passa de um animal?

---

37. No período final da dinastia Goryeo (918-1361), durante o reinado de Gongmin, sua capital, a cidade murada de Gaeseong, foi tomada pelos chamados "turbantes vermelhos", espécie de piratas terrestres oriundos da China.

O meliante, enfurecido, matou-a e dilacerou-a. Yi permaneceu escondido no mato selvagem salvaguardando parcamente a vida e, depois de ouvir o boato de que os bandidos haviam partido, foi procurar a casa antiga onde viveram seus pais, mas esta já havia sido queimada. Foi então até a casa dos pais de Choi, apenas para verificar o porão abandonado onde guinchavam ratos e o jardim ao léu, no qual somente os pássaros trilavam.

Sem poder conter a tristeza, Yi subiu num pequeno pagode e ficou a enxugar as lágrimas e a lamuriar longamente. Logo o dia escureceu e ele continuou sentado, debalde, relembrando em silêncio os dias passados. Tudo lhe pareceu um lance de sonho.

Perto da meia-noite, quando a lua jorrava uma luz tênue iluminando a viga, ouviram-se passos vindo do final do alpendre. Os passos ficaram cada vez mais próximos e, quando chegaram até Yi, este ergueu o olhar e viu que era Choi.

Yi sabia que ela já estava morta, mas seu amor era tão forte que perguntou, sem titubear:

— Como conseguiste te salvar? Onde estavas escondida?

Choi segurou a mão do marido e caiu em pranto. Depois, começou a relatar o acontecido.

— Sou nascida de uma família nobre e desde pequena acatei os ensinamentos dos pais, ocupando-me do bordado e da costura, e estudando as poesias e os modos da benevolência e da justiça. Tudo o que aprendi foi no aposento das mulheres. Como eu poderia suspeitar das coisas que aconteciam fora de casa? Mas, depois que te vi espreitar por cima da mureta coberta de flores vermelhas de nêspera, eu mesma tomei a iniciativa de entregar-te minha preciosa pérola. Rimos juntos diante das flores e envolvemo-nos para a benesse de uma vida inteira. E, quando voltamos a nos encontrar dentro do cortinado, o afeto e a graça pareciam transbordar em nós por mais cem anos. Contando até aqui, não consigo suportar a tristeza e a vergonha. Eu pretendia viver junto de ti até o fim, mas como poderia imaginar um infortúnio repentino como esse, que acabaria me jogando no fundo de uma vala? Mas não deixei meu corpo cair à mercê de um maldito, e preferi ser dilacerada no lamaçal. Isso foi um ato de vontade própria, emanado de minha natureza, embora não humanamente suportável. Depois que nos separamos na montanha naquele dia, perambulei por aí como um pássaro que voa sozinho, perdido de seu par, cheia de mágoa. Não tinha mais casa, meus pais estavam mortos e não havia onde amparar minha alma fatigada. Mas, para mim, a castidade era preciosa, e a vida, uma futilidade; por isso, consolava-me pela sorte de ter escapado da desonra, ainda que o corpo tivesse sido dilacerado. Mas quem teria pena deste coração despedaçado em cada nó e já frio, feito em cinzas? As tripas estavam amontoadas em restos e pedaços, o crânio havia sido lançado no campo, o fígado e a vesícula tinham sido espalhados pelo chão e cobertos por terra e pó. Por vezes, fico rememorando as alegrias dos dias passados, mas, hoje, somente a mágoa e o ódio preenchem meu coração. E agora, Zou Yan[38] sopra sua flauta fazendo levantar o vento de primavera neste vale desolado, e eu também quero voltar para este lugar, assim como a alma de Quian Nu[39], que voltou para este mundo depois de morta para viver com seu amado. Fizemos uma firme promessa de nos reencontrar no Monte Penglai depois de doze anos, e agora prometo não abandonar o juramento antigo, pois sinto o profundo aroma das Três Vidas[40] que emana da lendária morada das deidades no meio do mar. Assim, espero acalentar a saudade de ter estado apartada tanto tempo de ti. Caso também não tenhas te esquecido de nosso juramento de outrora, eu gostaria de tentar meu melhor até o fim. Concordas comigo, não é?

---

38. Pensador antigo chinês do período dos Estados Combatentes (475-221 a.C.), proeminente na cosmologia do "yin/yang e cinco elementos", também conhecido por seus dotes artísticos na música e na poesia.
39. Personagem feminina de um romance fantástico da dinastia Tang chinesa, que, depois de morrer, teria retornado ao mundo dos vivos para viver com seu amado.
40. Engloba as vidas imediatamente anterior e futura além da que se vive de fato.

— Isso é justamente o que eu esperava! — confirmou Yi, feliz e emocionado.

Os dois se sentaram frente a frente, cheios de carinho, e aplacaram a saudade acumulada. Quando Yi questionou Choi a respeito do patrimônio que teria sido saqueado pelos bandidos, ela respondeu:

— Não perdemos nada. Está tudo enterrado no vale de uma montanha.

— E onde estão os restos mortais de nossos pais? — perguntou Yi.

— Estão jogados de qualquer jeito por aí.

Os dois compartilharam do carinho e da saudade dos dias passados e se deitaram lado a lado. A alegria deles foi tão igualmente intensa como em outros tempos.

No dia seguinte, foram até o local em que o patrimônio da família estaria enterrado. De fato, havia ali lajotas de ouro e moedas. Recolheram os restos mortais dos pais e venderam o ouro para enterrá-los juntos no sopé da Montanha das Cinco Coroas. Plantaram árvores ao redor do túmulo e celebraram o ritual fúnebre com extremo cerimonial e reverência.

Depois disso, Yi deixou de perseguir postos oficiais e viveu somente junto de Choi. Aos poucos, os escravos que haviam fugido para se salvar também voltaram com os próprios pés. A partir de então, Yi se tornou displicente em relação aos fatos dos homens, trancou o portão e não arredava o pé para fora de casa, mesmo que fosse para felicitar acontecimentos bons ou consolar infortúnios nefastos de parentes ou amigos. Passava os dias sempre junto de Choi, trocando poesia e desfrutando de uma relação marital feliz. E, assim, decorreram alguns anos.

Uma noite, Choi disse para Yi:

— Tive três épocas boas na vida, mas os caminhos do mundo não seguem nosso desejo e parecem se desencaminhar sempre. Pois, mesmo antes de termos usufruído de toda a nossa alegria, chegou a triste e repentina despedida.

E, então, sem controle, desatou a soluçar. Yi, sobressaltado, perguntou:

— Mas o que é que há?

— Não há como fugir da sorte do mundo dos mortos. Deus permitiu minha volta a este mundo neste corpo por um breve tempo para que eu pudesse passar os dias ao teu lado e esquecer um pouco de meus infortúnios. Ele bem sabia que não cometemos maldade nenhuma, e que o nosso desígnio de ficarmos juntos ainda não havia terminado. Mas não posso iludir uma pessoa viva permanecendo no mundo dos homens por tanto tempo.

Choi ordenou à serva que trouxesse bebida e a ofereceu a Yi, cantando uma poesia à melodia da "Primavera em Pavilhão de Jade".[41]

> Campo de batalha com lanças e escudos a cegar os olhos
> Jades se despedaçam, flores esvoaçam e patos-mandarins
>   perdem seus pares
> Quem irá enterrar os crânios espalhados aqui e ali?
> Alma que vaga coberta de sangue não encontra onde se
>   consolar
>
> Depois que a ninfa celestial dos Montes da Magia desceu
>   pelo alpendre
> O coração se amargura, pois o espelho quebrado não
>   para de rachar
> Se nos despedirmos agora seremos remotamente apartados
> Até as notícias entre o céu e os homens serão rompidas

Compasso a compasso, a voz de Choi saía entrecortada, pois ela tentava engolir as lágrimas.

Igualmente sem poder controlar a tristeza, replicou Yi:

— Como poderei sobreviver sozinho assim à toa? Prefiro acompanhar-te até o mundo dos mortos. Depois que

---

41. Canção da época das dinastias chinesas Tang e Song, com variedade de letras diferentes para a mesma melodia, podendo inclusive ser entoada com letras improvisadas.

passamos por aquela confusão da guerra, os parentes e escravos se dispersaram para todos os cantos. E quando o que restou de meus pais estava jogado pelos campos, como é que eu poderia tê-los enterrado se não fosse por ti? Um sábio da Antiguidade já dissera: "Enquanto vivos, devemos acatar os pais com zelo cerimonial, e com zelo cerimonial enterrá-los quando mortos." Tens por natureza a piedade filial, e sua benevolência e empatia são por demais generosas; por isso, pudemos terminar toda essa tarefa juntos. Emocionei-me sobremaneira por tua dedicação, mas, por outro lado, não tinha como suportar a vergonha que sentia de mim mesmo. Peço encarecidamente que permaneças mais um pouco, e então voltaremos a ser terra juntos daqui a cem anos.

— Ainda te resta muito de tua vida, enquanto meu nome já se encontra na lista dos espíritos, de modo que não posso mais me demorar. Se eu continuar forçando a sorte e me apegando ao mundo dos vivos, acabarei violando as leis do destino e aí o castigo não se limitará a mim, trazendo dificuldades a ti também. Lembro somente que meus restos estão espalhados por aí a esmo. Caso queiras oferecer uma graça a mim, peço que os recolhas para que não fiquem rolando de qualquer jeito sob o sol, a chuva e o vento — respondeu ela.

Os dois se olharam com as lágrimas correndo copiosamente pelas faces.

— Meu querido, que tenhas saúde sempre.

Assim que proferiu essas palavras, seu vulto ficou cada vez mais apagado, até por fim desaparecer sem deixar vestígio.

Yi recolheu seus restos e a enterrou ao lado de seus pais. Depois do funeral, ele ficou a relembrar o passado com Choi até adoecer e acabou falecendo em alguns meses.

Todos os que ouviam esta história ficavam condoídos e não havia uma pessoa sequer que não passasse a venerar a fidelidade dos dois.

Embriaguez e deleite no Pavilhão do Azul Suspenso

Terra Plana[42] era a capital do Reino Antigo das Manhãs Calmas, o primeiro reino coreano. Conta-se que, quando o rei Mu da dinastia chinesa de Zhou venceu o reino chinês de Shang, foi prestar uma visita a Kija, conhecido sábio daquele reino que estava encarcerado por discordar de seu governante tirano. Kija então teria retribuído a visita com o Grande Código de Nove Capítulos, que poderia ser usado como o fundamento para bem governar um reino. Então, o rei Mu, em vez de fazê-lo seu súdito, tê-lo-ia nomeado como governante do Reino Antigo das Manhãs Calmas.

---

42. Significado de Pyeongyang, capital da atual Coreia do Norte. A mesma já fora capital de outros reinos coreanos na história, incluindo o primeiro grande reino do povo coreano conhecido como Joseon Anterior (?-108 a.C.), literalmente, Reino Antigo das Manhãs Calmas. O atributo "antigo" tem como objetivo distingui-lo da posterior dinastia das Manhãs Calmas (1392-1897).

Entre as localidades famosas da Terra Plana, pode-se citar o Monte do Bordado de Seda, o Mirante do Fênix, a Ilha da Rede de Seda, a Gruta da Girafa, a Pedra Mira--Céu, a Colina da Nogueira do Sul, todos sítios históricos. E entre eles está o Pavilhão do Azul Suspenso, do Templo da Luz Eterna.

O Templo da Luz Eterna ficava nos arredores do Palácio das Nove Escadarias do rei Luz do Leste, fundador do Reino Antigo da Alta Beleza, cerca de cinco milhas a nordeste do castelo. Era um terreno alto, como se observasse de cima o longo rio e contemplasse de longe a planície que se estendia a perder de vista, numa paisagem verdadeiramente esplêndida.

Quando se aproximava o pôr do sol, barcos de passeio e de mercadores costumavam atracar onde o mato de salgueiros era denso, próximo ao Portão do Grande Leste. E as pessoas costumavam subir o rio para apreciar o belo Pavilhão do Azul Suspenso e divertir-se até se cansarem.

Ao sul do Pavilhão havia uma escadaria de pedra esculpida. Do lado esquerdo, uma estela trazia a inscrição *Escadaria de Nuvens Azuis*, e, do lado direito, havia outra estela, na qual se lia *Escadaria de Nuvens Brancas*, e estas sempre atraíam a curiosidade dos passantes.

No ano de 1457, morava na cidade de Pinhos um homem muito rico chamado Hong. Era jovem, tinha um rosto bonito e conhecia o deleite das artes e da virtude dos versos. Por ocasião das festividades da colheita, veio à capital Terra Plana, planejando trocar peças de linho por carretéis de linha e também ver as moças da capital. Quando o navio que o trazia atracou no cais, as mais famosas artistas[43] se apressaram a aparecer a fim de seduzi-lo.

Yi, um velho amigo que morava na cidade encastelada, ofereceu uma festa para recepcioná-lo. No banquete, Hong se embebedou sobejamente e, quando voltou ao barco, o ar da noite era por demais fresco e ele não conseguia adormecer. De súbito, lembrou-se de um poema chamado "Ancorado para a noite na ponte da árvore do bordo", do famoso poeta chinês Zhang Ji.[44] E, no alto de sua evidente embriaguez, subiu num pequeno barco carregado de luar e foi remando rio acima. Na verdade, pretendia voltar quando o êxtase arrefecesse, mas, quando se deu conta, já estava abaixo do Pavilhão do Azul Suspenso.

Então, Hong amarrou o cordão no mato de junco e subiu a escadaria de pedra. E, apoiado no parapeito do pavilhão, ficou a mirar ao longe, entoando o poema com

---

43. Referência às *gisaeng*, mulheres versadas em todas as formas de arte, como canto, instrumento musical, poesia e dança, e que ganhavam a vida entretendo nobres.
44. Poeta chinês do século VIII, da dinastia Tang (618-907).

uma voz clara e sonora e cantarolando uma melodia seguida de um assobio cristalino.

Nesse momento, o luar iluminava até bem longe, como se fosse o mar, e a correnteza do rio era tão delicada quanto uma peça de seda branca. Gansos selvagens grasnavam nos bancos de areia e grous batiam as asas assustados quando gotas de orvalho caíam dos pinheiros, compondo um quadro de tamanha altivez e vigor que ele sentia como se tivesse sido alçado a um lugar onde vivem divindades ou ao mundo da lua.

Passando os olhos pela Terra Plana, a antiga capital, viu a parede do castelo pintada de cal branco envolta em bruma, enquanto a corrente de água batia de leve na parte de baixo do muro, envolvido em silêncio e tranquilidade. Lembrou-se dos lamentos de Kija ao passar pelo sítio que outrora fora capital de seu reino já subjugado e ao ver ramos de cevada cobrindo o que restara do castelo. Hong também não conseguia evitar as lamúrias que lhe saltavam à boca. Por isso, entoou um poema de seis estrofes:

> Vencido pelo ímpeto da poesia, subo ao Pavilhão do Azul
>   Suspenso e entoo versos
> O rio corre aos soluços e seu som dilacera as tripas
> No que um dia foi o reino pátrio, o brio de dragões e
>   tigres já desapareceu
> Mas no castelo em ruínas vejo ainda o vulto de uma fênix

O luar branqueia o banco de areia, mas os gansos
   selvagens não têm para onde voltar
E assim que a névoa se dissipa sobre o jardim, piscam
   pirilampos
A paisagem é desoladora e até o mundo dos homens está
   mudado
Tudo o que se ouve é o sino, do fundo do Templo da
   Montanha Fria[45]

O mato sombrio de outono cobre o palácio onde vivia o rei
Até a escadaria de pedra está envolta em névoa,
   esmaecendo o caminho que leva até lá
Folhas de bucho-de-boi cobrem o sítio onde foi o Pagode
   Azul
Na noite, o restinho da lua se pendura na mureta, e ouço
   apenas corvos gralharem
O deleite nas artes de outrora hoje não passa de cisco
E ervas daninhas enchem o vazio e ermo castelo
Somente a água do rio flui orgulhosa,
Soluçando copiosa em direção ao mar d'oeste

Mais azul que a cor do céu é a corrente do Rio Grande Leste
Mas o êxito e a ruína das coisas através do tempo me
   afligem e atormentam

---

45. Templo chinês que ficou famoso pelos poemas de Zhang Ji. Ver nota 44.

Trepadeiras se pendem nas paredes do poço já seco
E sobre a escada de pedra coberta de musgo pendem
   galhos do salgueiro-chorão
Canto em mil versos a natureza desta terra forasteira
Enquanto me farto de embriagar na saudade de minha terra
Apoio-me no parapeito sem poder dormir sob esta lua tão
   clara
Pétalas da árvore lunar caem de leve nesta noite profunda

Da lua cheia da Festa da Colheita emana um brilho doce
   e delicado
Mas quanto mais miro o castelo solitário, tanto maior é a
   tristeza
A grande árvore no quintal do túmulo de Kija está
   envelhecida
E as heras se emaranham no santuário de Dangun, nosso
   primeiro ancestral[46]
Heróis silentes, onde estarão agora?
Quantos anos terão se passado, com a vegetação já
   esmaecida assim?
O que restou de outrora: apenas a lua redonda
Jorrando uma luz límpida que desce delicada e ilumina a
   gola da blusa

---

46. Figura mitológica que teria fundado o primeiro reino coreano, Gojoseon (Reino Antigo das Manhãs Calmas), em 2333 a.C.

A lua sobe pela colina onde voam gralhas e pegas
Com a noite já alta, o orvalho frio molha as dobras da roupa
Uma civilização de mil anos se foi, junto com as vestes oficiais
E os muros ruídos do castelo, em meio aos montes e rios eternos
O rei Luz Sagrada do Leste[47] subiu aos céus e não volta mais
E a quem confiarei as histórias que rondam por este mundo decaído?
Já sem vestígios da carruagem de ouro ou do cavalo-girafa que teria levado o rei aos céus
O monge volta sozinho pelo caminho do palácio tomado pela vegetação

No frio jardim de outono, as folhas murcham às gotas de orvalho qual jade
A escadaria da Nuvem Azul e a da Nuvem Branca se postam frente a frente
As almas dos soldados do Reino de Sui soluçam pelos alpendres
E o espírito do imperador Yang transformado em cigarra cicia de desgosto[48]

---

47. Fundador do reino de Goguryeo, ou "Reino Antigo da Alta Beleza" (37 a.C.-668 d.C.).

48. Referência às guerras travadas entre a dinastia Sui chinesa, encabeçada pelo imperador Yang, e o reino coreano de Goguryeo, das quais este saiu vencedor apesar de ser numericamente muito menor.

Na avenida palaciana enevoada não passam mais carruagens
E o sino da noitinha ecoa sobre o pinheiro torto caído no
   jardim
Que eu suba ao pavilhão e entoe versos, quem há de
   apreciá-los comigo?
Mas a lua é clara, o vento é puro e o êxtase da poesia
   não sabe arrefecer

Depois de entoar todo o poema, Hong se levantou batendo palmas e começou a dançar. A cada verso que cantava, chorava aos soluços. Fortes emoções lhe afloraram do fundo do coração, mesmo sem a alegria de ter sua poesia retribuída com o som de uma flauta ou um batuque na proa de algum barco próximo. O canto de sua poesia era capaz de levar às lágrimas uma viúva sentada solitária num barco ou fazer dançar o dragão encerrado numa fossa profunda.

Quando, depois de cantar todo o poema, pensou em voltar, a noite já era alta, passava da meia-noite. Foi então que, de súbito, ouviu passos vindos do oeste, passos esses que foram se aproximando de onde ele estava.

De início, pensou que fosse um monge, intrigado com o canto, que vinha atrás de sua voz, mas, quando os passos se aproximaram, viu que era uma linda mulher.

Duas servas a acompanhavam, cada qual de um lado, uma segurando um espanador budista com cabo de jade e a outra, um leque de seda. A mulher tinha um ar solene e impoluto, aparentando ser alguém de uma família da alta nobreza.

Hong desceu as escadas e observou os movimentos da mulher por entre a fresta da mureta. A mulher se apoiara no parapeito sul e entoava uma poesia mirando a lua. Sua postura, bem como seus versos, eram sóbrios e demonstravam propriedade e modos. A serva entregou-lhe uma almofada de seda, que ela ajeitou e sobre a qual se sentou, emitindo uma voz que parecia um cristal.

— Para onde foi a pessoa que declamava aqui uma poesia? Não sou fada de flor nem ninfa da lua, nem mesmo a lendária beldade que caminha sobre as folhas de lótus. É que as nuvens se dissiparam, deixando o céu tão aberto e vasto nesta noite que a lua parece alçar voo e a Via-Láctea está brilhando... Os frutos da árvore lunar caíram e o Palácio Lunar de Jade Branco está frio e gélido. Por isso, queria apenas desnovelar, sem reservas, esse sentimento represado com um cálice de bebida e uma peça de poesia. Que mais poderíamos esperar de uma noite tão boa como esta?

Ao ouvir essas palavras, Hong se sentiu tão temeroso quanto contente, e hesitou por um bom tempo até soltar um pequeno pigarro. Então, a serva foi atrás da fonte do barulho:

— Nossa ama pede para trazê-lo.

Ele se apresentou vacilante, prestando-lhe uma reverência, e se ajoelhou de frente para a mulher. Mas esta, sem demonstrar muito escrúpulo, limitou-se a dizer:

— Vem sentar aqui comigo.

Quando Hong subiu no tablado, a serva colocou um biombo baixinho entre os dois, deixando o rosto da mulher visível somente pela metade.

— O que foi aquilo que entoaste? Repete, por favor, gostaria de ouvir.

Hong voltou a entoar o poema, verso após verso.

— Vejo que és alguém com quem se pode falar de poesia — concluiu ela, sorrindo.

Logo ordenou à serva que servisse bebida e aperitivos. Mas a comida posta era diferente daquela encontrada no mundo dos homens, estava dura, difícil de mastigar e de engolir; a bebida também era intragável de tão amarga. A mulher disse, então, sorrindo de leve:

— És um estudioso do mundo dos homens, como poderias conhecer o licor de jade branco, a bebida das divindades e a carne-seca de dragão?

E ordenou à serva:

— Vá rápido até o templo do Protetor das Divindades e peça um pouco da comida de lá.

A serva correu e logo trouxe a comida do templo, mas esta era somente uma tigela de arroz sem qualquer guarnição. A mulher ordenou mais uma vez:

— Vá até a vila e consiga um acompanhamento.

Pouco depois, a serva apareceu com carpa assada e Hong se serviu. Quando terminou de comer, a mulher já havia escrito um poema de retribuição na folha de uma árvore e fez com que a serva o entregasse a Hong:

A lua é ainda mais clara nesta noite, neste Pavilhão do
  Azul Suspenso
Quão profunda a emoção de dividir um diálogo tão
  límpido e puro!
A árvore lança uma luz tênue, qual um nobre guarda-sol
  verde
O rio flui oscilante, como se farfalhasse uma saia de seda

Os tempos se foram de súbito, como voam os pássaros
Os feitos do mundo sempre me espantam, efêmeros como
  ondas em fuga
Quem dará valor aos sentimentos desta noite?
Pois só se ouve o sino por entre as heras cobertas de névoa

Miro ao sul do antigo castelo e vejo claramente o Rio
  Grande Leste
Onde chora o bando de gansos selvagens sobre a água
  azul e a areia branca
A carruagem do cavalo-girafa não volta mais e o dragão
  também já se foi

O canto da fênix há tempos já cessou, e da terra foram
  feitas sepulturas

A névoa se adensa e a chuva se prenuncia, quando a
  poesia se faz
Embriago-me sozinha no templo erguido em meio ao campo
Vejo com dó o camelo de cobre coberto pelos espinheiros[49]
E vejo que os rastros de mil anos não passam de nuvens
  de sonho

Subo no pagode alto ao som dos grilos soluçando ao pé
  do mato
E os pensamentos correm para longe
O restinho das nuvens se esvai após a chuva, e me
  entristeço por feitos passados
Flores cadentes fluem com a água, e me magoo pelos
  tempos que se vão

A corrente se tinge do ar de outono, e o som da maré é
  suntuoso
A sombra do pagode encerrada no rio, e sobre ela o
  melancólico luar...
Terá sido aqui mesmo a deslumbrante civilização de
  tempos outros?

---

49. Refere-se à nota 24 sobre a Ponte dos Camelos.

Árvores abandonadas e esparsas pelo desolado castelo
    fervem-me as tripas

Em frente ao Monte do Bordado de Seda se amontoam
    folhas como nacos de seda
E as folhas vermelhas de bordo à beira do rio iluminam a
    quina do antigo castelo
De algum lugar, ouve-se o som cansado de uma mulher
    batendo roupa na tábua de passar
E barcos pesqueiros voltam ao som do remo e da cantoria
    dos pescadores

Na velha árvore escorada na rocha, trepadeiras se
    emaranham
Em meio às ervas daninhas, a lápide partida se veste de
    musgo
Lastimo em silêncio os feitos passados apoiada no
    parapeito
É tudo tristeza, o som do luar, o som das ondas

Estrelas esparsas aqui e ali iluminam o portão celestial de
    jade
É clara a Via-Láctea e o luar, brilhante
Agora entendo, o que era bom é igualmente em vão
Difícil é adivinhar se voltarei a viver uma vida assim na
    próxima vida

Embriaga-te à vontade com um cálice de boa bebida
E não guardes no coração a lei das mazelas mundanas
Até os heróis invencíveis se tornaram terra e pó
E no mundo restaram em vão apenas seus nomes

O que farei com esta noite, que já se vai bem alta
A lua, redonda, redonda, se põe sobre a mureta baixa
Tu e eu estávamos separados por dois mundos
E agora que nos encontramos, regala-te com a alegria de
   mil dias

As pessoas se espalham pelo lindo pavilhão à beira do rio
E a árvore em frente à escadaria se molha aos primeiros
   orvalhos
Gostarias de saber onde iremos nos encontrar novamente?
Será quando amadurecerem os pêssegos no Monte
   Penglai
Que dão frutos a cada três mil anos, dizem,
E quando secarem as águas azuis do mar

Hong alegrou-se ao receber o poema, mas, por outro lado, receou que ela partisse logo e, por isso, tentou entretê-la conversando:

— Poderia eu, por obséquio, perguntar seu sobrenome e a respeito de sua família?

A mulher deu um suspiro e respondeu:

— Sou descendente real do antigo reino chinês sagrado de Shang e filha da família dos Kis. Nosso antepassado, Kija, ao ser convidado a governar as terras coreanas, instituiu a prática dos rituais e da música, além dos regimes políticos, segundo os ensinamentos do sagrado rei Tang de Shang, e ensinou ao povo a Lei das Oito Proibições.[50] Graças a ele, nossa civilização se fez completa e resplandeceu por mais de mil anos. Mas, da noite para o dia, o destino do reino ruiu, desgraças e catástrofes sobrevieram e o rei Jun, o senhor meu pai, foi derrotado pelas mãos de um pífio, até finalmente perder as fundações do reino. Wiman, que estava à espreita, roubou-lhe o posto, fazendo decair todos os feitos da realeza do Reino Antigo das Manhãs Calmas. Quanto a mim, fiquei errando aqui e ali, passando por todas as dificuldades, e jurei guardar minha castidade esperando apenas pela morte. Um dia, de súbito, uma divindade apareceu para me consolar e disse: "Sou o iniciador deste reino, mas, depois de governar por muitos anos, entrei para a ilha das deidades no meio do mar e me tornei uma divindade; assim, estou sem morrer há vários milênios. Que tal ir comigo para minha ilha

---

50. O primeiro código de leis conhecido dos reinos coreanos, criado durante o Reino Antigo das Manhãs Calmas (2333 a.C.-108 a.C.). Em conteúdo, são conhecidos apenas três artigos do código, incluindo a pena de morte para um assassino, e a de escravidão para quem rouba.

e desfrutar livremente dos dias vindouros?" Respondi que sim e ele me levou para sua casa, construiu uma edícula e me deu a erva da eternidade da ilha. Depois de alguns dias, senti meu corpo ficar leve e me descobri cheia de brio; vi asas brotarem de minhas costas e senti que me tornava uma divindade. Depois disso, fiquei a andar a esmo para além dos nove céus, perambulando por todos os mundos; visitei as dez províncias e as três ilhas, e também a morada das divindades, a leste do céu. Numa ocasião no outono, o dia estava claro e o céu limpo, e até o luar brilhava tanto que, quando levantei a cabeça para olhar a lua, fui tomada por uma vontade de partir para longe, como se fosse vento. Fui então visitar o Palácio da Lua. Adentrei por seu portão principal e prestei cumprimentos à deusa da Lua, dentro do Palacete de Cristal. Ela elogiou meus modos e minha poesia, persuadindo-me a permanecer: "Por mais que as paisagens lá do mundo abaixo sejam esplêndidas, tudo não passa de pó, afinal. Como isso poderia se comparar com caminhar sobre o céu azul, montar uma carruagem puxada por uma fênix branca, colher o aroma cristalino da vermelha árvore lunar, brincar dentro do espelho de jade onde se encerra o luar frio e nadar nas águas da linda Via-Láctea?" E, então, ela me concedeu a alegria inefável de trabalhar ao seu lado, nomeando-me como serviçal da mesa do incensário dedicado ao Imperador de Jade. Mas, esta noite, fui tomada por uma saudade repentina do mundo dos homens. Fiquei olhando para baixo, para este mundo efêmero, a espreitar minha terra natal. Vi que a paisagem continua a mesma, mas as pessoas de outrora haviam partido; o luar branco esconde o rastro das batalhas e as gotas de orvalho lavam a poeira da terra. Por isso, despedi-me por um instante do mundo celestial e vim prestar cumprimentos ao túmulo de meus antepassados, buscando matar a saudade no pagode à beira do rio. Por um lado, fiquei feliz ao ouvir um versado em poesia como tu, mas também me senti envergonhada. Assim, fiz de teus belos versos meu apoio e ousei segurar o pincel com mãos já inábeis. Não me atreveria a dizer que sou boa nisso, mas foi somente pelo desejo de expressar os pensamentos que sobem do fundo do coração.

Hong prestou duas reverências e disse, sem levantar a cabeça baixa em sinal de respeito:

— Sou uma criatura ignara do mundo inferior, que aceita de bom grado apodrecer junto com as árvores. Como ousaria pensar em trocar poesia com um ser celeste, descendente da família real?

Em seguida, Hong leu em silêncio o poema que ela escrevera e, então, passou a recitá-lo por inteiro, tendo-o decorado de pronto. Depois, curvou-se mais uma vez e disse:

— Sou um reles mundano desajuizado e carrego pecados profundos e numerosos de minhas vidas passadas, de modo que não posso saborear a comida das divindades. Apenas entendo um pouco de versos e, por isso, consigo compreender um tanto de seu canto celestial, o que considero ser uma fortuna infinda. Um acontecimento de fato muito raro. Será difícil apreender tudo, mas rogo-te mais uma vez que me ensines os quarenta versos do "Contemplando a lua em noite de outono no pagode à beira do rio".

A bela mulher assentiu com a cabeça, molhou o pincel e escreveu os quarenta versos num só fôlego. Parecia um embate de nuvens e névoa, produzindo borbulhões de poesia.

> Nesta noite de luar claro no Pavilhão do Azul Suspenso
> Descem orvalhos de jade do céu longínquo
> A luz cristalina está imersa na Via-Láctea
> E os ares límpidos envolvem a nogueira e a paulóvnia
> O reino inteiro parece reluzir de limpo
> Junto com os doze lindos pagodes
> Nuvens finas flutuam sem um pingo de mancha
> E a brisa suave roça-me as pupilas
> Dou adeus ao barco que já vai longe
> Junto com a água que corre ondulante
> Fico a espreitar pela janela

Vendo os juncos lançarem sombras vacilantes na margem
   do rio
Parece que ouço a música das divindades lunares
Parece que vejo uma escultura feita com machado de jade
O palácio do dragão feito de conchas e pérolas
Lança seu brilho radiante até os confins do céu-terra
Quisera eu apreciar a lua junto ao mago de Tang
Que era capaz de fazê-la aparecer
Até mesmo em época de chuvas
Mas o boi do Reino de Wu, onde é quente o ano todo,
Arfa ao ver a lua tão brilhante
Pensando ter visto o sol
O luar delicado e profundo envolve os montes azuis
E a lua redonda flutua sobre o mar azul
Escancaro as portas junto contigo
E, extasiados, levantamos o cortinado de contas
Até Li Po, o ébrio poeta da lua, teria deixado de lado seu
   cálice para mirá-la
E o escultor Ogang teria descido o machado na árvore lunar
O biombo branco resplandece e cintila
E o cortinado de seda traz bordados refinados
É um precioso espelho pendurado do lado de fora
Ou uma bola de gelo que rola e rola sem parar
E o que falar das ondas douradas? Como podem ser tão
   belas?
Pois é a Via-Láctea fluindo cheia de si...

Que tal sacarmos a espada e eliminar o sapo perverso do
   mau agouro
E deitarmos a rede para caçar o coelho ardiloso
No caminho bifurcado do céu, a chuva acaba de cessar
E no caminho de pedras a fina névoa se dissipou
O parapeito subjuga mil pés de árvores
E a escadaria contempla de cima o lago de mil milhas
Quem foi mesmo que perdeu o caminho em terras
   longínquas?
Pois encontrei, afortunadamente, um amigo aqui em
   minha terra natal
Trocamos flores do pessegueiro e da ameixeira
E também trocamos cálices transbordantes de bebida
Competimos nossa poesia queimando vela para marcar o
   tempo
E cada varetinha divinatória acrescida é mais um cálice
   da bebida aromática
Dentro do braseiro o negro carvão crepita
E na panela de ferro borbulha a água do chá
Do incensário em formato de pato, sobe o aroma de
   âmbar cinza
E o cálice grande está cheio do saboroso néctar
O grou grita de susto no pinheiro solitário
E os grilos choram lamentos nos cantos das quatro paredes
Sentados na poltrona, seres de mundos diferentes travam
   diálogo

E na beira do rio o nobre e o barqueiro se divertem juntos
   em poesia
Onde restaram as ruínas desbotadas do castelo
Agora se apinham, solitários, árvores e matos
As árvores verdes de bordo sacodem pesadamente
E os juncos amarelos roçam-se no frio
Na amplidão do céu-terra estende-se o mundo das
   divindades
E no mundo dos homens, o tempo voa
No palácio antigo o arrozal e o milhete amadurecem
E no santuário dos antepassados as nogueiras e as
   amoreiras se esparramam
O aroma que ainda resta se encerra na lápide partida
Perguntar da ascensão e queda das coisas, somente talvez
   para as gaivotas
A querida lua míngua e se plenifica novamente,
Mas a vida no mundo dos homens parece a de um
   efêmero inseto
Do palácio foi feito um templo budista
E o antigo rei está morto e enterrado
Vaga-lumes piscam do lado de lá do cortinado
E a floresta está cheia de duendes-tochas
Lágrimas vêm aos olhos comiserando feitos passados
E pensando no mundo de hoje, a angústia se aflora
No sítio onde celebrávamos o rei Dangun, que erigiu o
   Reino Antigo das Manhãs Calmas,

Resta somente a montanha a leste
E na outrora capital do Reino das Manhãs Calmas de Kija,
   de dois milênios depois,
Correm apenas águas da sarjeta
Na caverna se veem rastros do cavalo-girafa, sobre o qual
   atirava flechas o rei Luz do Leste
Que erigiu o Reino da Alta Beleza
Nos campos ainda restam flechas do reino coreano da
   Solene Prudência
Conhecido por seus exímios arqueiros
Aroma de Orquídea, a filha do pescador, tornou-se ninfa
   e voltou para o céu
E a Princesa Tecelã partiu sobre as costas do dragão[51]
O nobre letrado descansou o pincel de sua exuberante
   poesia
E a ninfa também parou de tanger a cítara
Com a música finda, as pessoas se dispersaram
E agora se ouve somente o som suave das remadas sobre
   o vento silente[52]

Ao terminar de escrever, a mulher jogou o pincel e se elevou, sem que fosse possível discernir para onde. Ao partir, fez a serva transmitir as seguintes palavras a ele:

---

51. Ver a nota 17.
52. Não foi possível manter o número exato de quarenta versos na versão em português, sob pena de artificialidade.

— A ordem do senhor do céu é austera e agora devo partir nas costas de uma fênix branca. Lamento, pois restam-me ainda histórias bonitas por contar.

Pouco depois, soprou um redemoinho que envolveu a terra, levando a esteira onde Hong se sentara e arrebatando o poema para o ar, sem que se possa saber para qual direção. Devia ser para evitar que uma história insólita como essa fosse propagada entre os homens.

Depois que voltou a si, Hong ficou parado no mesmo lugar pensando em silêncio. Pareceu-lhe ser sonho, mas não era; pareceu-lhe ser real, mas também não era. Ficou parado, encostado no parapeito, tentando reunir os pensamentos para relembrar tudo o que a dama lhe dissera. E, ainda que o encontro tenha sido singular, lamentou não ter podido compartilhar mais de seus sentimentos, então, recordando-se do ocorrido, entoou um poema:

Encontrei a amada em sonhos no Pavilhão do Azul
   Suspenso
Lembro-me da lenda da Okso, que desistira de comer
À espera do amado que prometera voltar
E, depois de morta, reencarnou-se para ser sua amante?
Em que sol, em que ano poderei vê-la voltar?
Até mesmo a água do rio, implacável,
Flui pelas colinas aos prantos pelo rio da despedida

Depois de entoar o poema, Hong olhou ao redor. Do templo na montanha, ouvia-se o sino e, na vila, à margem do rio, cantavam galos. Logo a lua estaria se pondo a oeste do castelo e as estrelas da manhã já cintilavam. Do quintal ouvia-se o guinchar dos ratos e abaixo dos pés somente o ciciar dos insetos.

Hong se sentia abandonado e triste, sóbrio e temeroso. Estava tão desolado que não podia mais permanecer ali. Mas, mesmo de volta ao barco, seu coração continuava melancólico e angustiado. Quando foi até a colina onde estivera com amigos na noite anterior, todos quiseram saber:

— Onde dormiste na noite passada?

Hong respondeu com uma evasiva:

— Ontem peguei minha vara de pescar e saí do castelo pelo Portão da Grande Celebração, seguindo a lua, e fui até o sopé da Pedra Mira-Céu para pescar algumas carpas-seda. Mas o ar da noite estava um pouco fresco demais, e a água, fria, de modo que não pesquei nem uma manjuba sequer. Fiquei desolado que só.

Os amigos não desconfiaram dele.

Depois disso, Hong ficou a anelar pela dama e a padecer de saudade, até que adoeceu, ficando fraco e debilitado. Assim, voltou para casa antes do previsto, mas a cabeça estava entorpecida e suas palavras perderam o nexo. Passou dias a revirar na cama, sem que melhorasse.

Um dia, Hong sonhou com uma mulher levemente maquiada, que veio até ele e disse:

— Minha ama contou ao senhor do céu sobre seu encontro com ela, e ele, admirado de sua poesia, ordenou que o nomeasse para um cargo sob o comando da estrela Altair. Esta é uma ordem do senhor do céu. Como poderias se esquivar?

Hong acordou assustado. E pediu aos familiares que lhe dessem um banho e lhe trocassem as roupas. Também pediu para que acendessem um incenso, varressem o chão e pusessem uma esteira no quintal. Depois, deitou-se por um instante, apoiando-se no queixo, e faleceu. Isso se deu durante a lua cheia de setembro.

Mesmo acomodado no caixão para a vigília do velório, seu rosto não se modificou por vários dias. As pessoas começaram a dizer que ele teria encontrado uma divindade e se libertado do corpo para se tornar, ele também, um ser celestial.

Visita à Terra das Chamas Flutuantes do Sul

No ano de 1465, vivia, no município da Celebração, um homem chamado Park. Ele lia dia e noite para viajar à China a estudos. Desde cedo, frequentou a Academia dos Grandes Estudos, mas nunca conseguiu passar no concurso público e, por isso, vivia insatisfeito.

Mas tinha um intento elevado e espírito brioso, jamais se curvara covardemente mesmo diante dos poderosos e, por isso, as pessoas tinham-no como um homem orgulhoso e honrado. Era cândido e dócil no trato com as pessoas, de modo que todos da vila o elogiavam.

Desde cedo, Park via com suspeita as histórias budistas, de xamãs ou fantasmas, mas não havia chegado ainda a uma conclusão definitiva sobre esses assuntos. Só depois de ler a *Doutrina do meio*, um dos quatro livros fundamentais de Confúcio acerca do caminho correto dos letrados e seus aspectos filosóficos e sociais, e o *Livro das mutações* como referências, pôde firmar suas convicções e não mais se deixar levar por dúvidas.

Como era cândido e dócil, travara amizades até com monges, algumas até comparáveis a laços dos quais se ouvia falar em lendas, mas suas relações mais íntimas eram apenas duas ou três. Os monges também o tinham em grande apreço como homem das letras e o tratavam como um companheiro fiel e próximo.

Um dia, Park conversava com um deles sobre as ideias do paraíso e do inferno, quando foi tomado mais uma vez por dúvidas e retrucou:

— No céu e na terra só há um yin e um yang, então como é que pode haver um outro céu-terra além deste? Isso não pode estar certo, de jeito nenhum!

Mas o monge também não soube responder de forma muito clara. Respondia apenas com a teoria já conhecida de que o pecado e a graça têm, cada qual, seu retorno. Park não conseguia, no fundo, se render a tal explicação.

Ele já escrevera uma vez um texto intitulado "Teoria da razão única" como um instrumento de autovigilância, com o objetivo de não se deixar seduzir por heterodoxias. A ideia era mais ou menos assim:

Ouvi desde cedo que o "fundamento" do mundo era um só. O que significa ser um só? Que não existem dois. E o que é o "fundamento"? A "natureza" inerente. E o que seria a natureza inerente? É o que foi determinado pelo céu. Quando o céu fez todas as coisas do mundo pelo yin, o yang e os cinco elementos — fogo, água, madeira, metal e terra —, cada coisa adquiriu forma segundo sua energia vital *ki* e encerrou em si seu "fundamento". É o "fundamento" que faz com que todas as coisas tenham sua lógica e razão. Na relação entre o pai e o filho é preciso ter todo o amor, e entre o rei e o súdito deve haver plena lealdade. Desde a relação entre marido e mulher até aquela entre o adulto e a criança, há, cada qual e por certo, um ato próprio a ser perseguido. É a isso que chamamos de *tao*, o caminho, o qual buscamos por força do "fundamento" encerrado em nosso coração.

Acatando esse "fundamento", há bem-estar onde quer que se vá. Indo contra o "fundamento", desobedecendo a "natureza", o infortúnio nos abaterá. Perseguimos o "fundamento" em toda a sua totalidade para cumprir plenamente nossa "natureza" inerente e investigamos a fundo a lógica das coisas para alcançar o conhecimento, isto é, para chegar-se ao "fundamento"; esses são os ensinamentos dos clássicos como o *Livro das mutações* e o *Grande estudo*. Assim é o coração dos homens desde o nascimento, e não há ninguém que não esteja munido dessa natureza. Também não há nada neste mundo que não possua esse "fundamento". Se buscarmos, com um coração vazio e sem forma, o "fundamento" de todas as coisas seguindo a "natureza" inata como ela é, e se buscarmos o princípio de cada coisa até seu mais absoluto fim, o "fundamento" do céu-terra se fará inquestionavelmente visível, e a plenitude desse "fundamento" preencherá todo o coração. Seguindo esse pensamento, tudo pode ser incluído aqui, tudo o que está abaixo do céu e até mesmo o reino. Dessa maneira, não há de existir desvirtuamento, ainda que faça parte do céu e da terra, não haverá ludíbrio, mesmo quando se perguntar a uma assombração, e não se conhecerá ruína ainda que se passe por todas as eras. A tarefa de um estudioso confuciano cessa aqui. Como pode haver abaixo do céu dois "fundamentos"? Eu não acredito nessa teoria heterodoxa.

Um dia, Park acabou adormecendo escorado no travesseiro enquanto lia o *Livro das mutações*. No sonho, chegou a um reino, uma ilha no meio do vasto mar.

Nessa terra, não havia plantas ou árvores, nem areia ou pedregulhos. Tudo em que se pisava era cobre e ferro. Durante o dia, as labaredas de fogo se erguiam aos céus a ponto de derreter o chão e, à noite, um vento frio soprava do lado oeste parecendo cortar a carne e o osso, um verdadeiro flagelo insuportável a castigar o corpo.

Um precipício bruto de ferro contornava a orla da praia como se fosse o muro de um castelo, onde um colossal portão de ferro estava duramente cerrado. O homem que guardava o portão tinha a boca e os dentes caninos saltados, compondo uma feição ríspida e hostil. Segurava uma lança e um bastão de ferro, enquanto barrava aqueles que tentavam entrar.

O povo do reino morava em casas feitas de ferro, de modo que, durante o dia, suas peles se desmanchavam no fogo e, à noite, a carne congelava e rachava. Somente de manhã cedo e à noitinha as pessoas pareciam se movimentar, rir e conversar. Mas também nem pareciam sofrer tanto com isso.

Park, muito assustado, titubeou quando foi chamado pelo guardião. Ele ficou atordoado, mas não havia como desobedecê-lo, então, foi se aproximando dele. O guardião perguntou com a lança ereta:

— Quem é o senhor?

Park respondeu, tremendo de medo:

— Sou um estudioso confucionista que conhece pouco do mundo. Ousei violar a morada dos imortais e mereço ser castigado, mas peço que seja generoso e me perdoe.

Park se prostrou em reverência duas, três vezes, pedindo perdão por sua insolência, quando o guardião o interrompeu:

— Ouvimos dizer que os estudiosos confucionistas não se curvam mesmo sob ameaça. Mas então como é que o senhor se curva dessa maneira, sem manter sua compostura? Fazia tempo que estávamos querendo encontrar um homem de virtudes bem familiarizado com os fundamentos do mundo. Nosso rei deseja se encontrar e trocar ideias com alguém como o senhor, que possa lhe contar algo sobre as coisas a leste. Sente-se aqui e espere. Irei anunciá-lo.

Então, o guardião entrou no castelo a passos ligeiros. Voltou um tempo depois e disse:

— O rei o receberá no pavilhão de descanso. Peço encarecidamente que responda às suas perguntas com zelo. Não deverá poupar as palavras, temendo a majestade do rei. Faça com que nosso povo ouça a síntese do grande e correto caminho.

Assim que acabou de falar, um menino vestido de preto e outro vestido de branco chegaram trazendo cada qual um documento. Um deles continha letras azuis sobre um fundo negro, e o outro continha letras vermelhas sobre um fundo branco. Os dois meninos abriram os documentos à direita e à esquerda para mostrar ao recém-chegado. Park olhou as letras vermelhas e viu seu nome escrito ali, além dos seguintes dizeres:

PARK, QUE VIVE HOJE NO REINO "X", NÃO PODE SER CIDADÃO DESTE REINO, POIS NÃO HÁ PECADO QUE TENHA COMETIDO.

Park perguntou ao menino:

— Por que motivo me mostra esse documento?

O menino respondeu:

— O documento de fundo negro é a lista dos maus, e o de fundo branco, a lista dos bons. O rei recebe as pessoas que constam na lista dos bons com o cerimonial digno de um nobre erudito. Não pune os que constam na lista dos maus, mas os trata como escravos ou gentalha. Com certeza o tratará com o máximo cerimonial.

Ao encerrar a explicação, o menino se foi, levando a lista.

Pouco depois, chegou uma carruagem, rápida como o vento e enfeitada com joias, cujo assento, em formato de flor de lótus, era guardado por uma linda menina segurando um leque e um menino carregando um guarda-sol. Guerreiros e soldados foram na frente brandindo lanças e bradando para que abrissem caminho.

Quando Park levantou a cabeça, viu ao longe um castelo de ferro em três camadas e um palácio alto e luxuoso erguido sob uma montanha de ouro, de onde surgiam dançando labaredas de fogo que alcançavam o céu.

Olhou ao redor e viu pessoas caminhando pelas margens da avenida, pisando sobre cobre e ferro derretidos pelo fogo como se fossem lama. A avenida que se estendia à frente de Park por dezenas de passos era plana como uma enorme pedra de amolar, mas não havia ali nem fogo nem ferro derretido escorrendo pelas chamas. Parecia que uma força misteriosa fizera uma milagrosa transformação para que ele passasse.

Quando chegou ao castelo do rei, todas as portas estavam escancaradas e os pagodes à margem do lago eram iguaizinhos aos do mundo humano. Duas lindas ninfas celestiais apareceram, prestaram-lhe reverência e o conduziram para o interior do castelo.

O rei o recepcionou com a coroa oficial na cabeça e um cinturão deslumbrante feito de jade, segurando o bastão real, também de jade. Park se prostrou no chão em reverência, sem ousar dirigir o olhar ao rei.

— Pertencemos a mundos diferentes, de modo que não tenho o direito de regular onde vives. Além do mais, como é que eu poderia fazer curvar um homem de virtudes como tu, conhecedor dos fundamentos, por mera autoridade? — disse o rei.

Então, pegou-o pelas mangas e o levou para dentro, onde havia preparado um lugar especial, um tablado de ouro com balaústre de jade. Ao se sentar, chamou um servo para lhes servir chá. Park olhou de viés e viu que o chá era cobre derretido, enquanto as frutas eram bolas de ferro.

Park ficou assustado e amedrontado. Porém, como não podia se esquivar do convite, ficou apenas a olhar o que faziam. Mas, quando o servo pôs as frutas e os biscoitos à sua frente, o perfume do chá e o aroma fresco das frutas apetitosas se espalharam por todo o recinto. Depois de tomar o chá, o rei disse a Park:

— Creio que não sabes onde estamos, certo? Aqui é a Terra das Chamas Flutuantes, como denominam os mundanos. A montanha ao norte do palácio real é o Monte Patala, aquele que acreditam estar localizado no fundo do mundo subterrâneo, imediatamente acima do purgatório, que absorve a água e evita que o mar transborde. Aqui é uma ilha-continente que fica ao sul do céu e da terra e, por isso, também é chamado de Terra das Chamas Flutuantes do Sul, e se chama assim porque as chamas queimam intensamente o tempo todo, suspensas no ar. Por isso, meu nome Yeomma significa "chamas que envolvem todo o corpo". Já faz mais de dez mil anos que me tornei o rei desta terra. Vivendo por tanto tempo assim, já sou quase uma divindade. Posso simplesmente fazer como me apraz, e isso já é admirável, posso fazer o que minha vontade mandar, e não há nada incondizente com os desígnios do céu. Quando Changjie[53] inventou os ideogramas, enviei meu povo para chorar junto com ele de tanta alegria, e quando Buda atingiu a budeidade também enviei meu pessoal para protegê-lo. Mas os Três Soberanos e Cinco

---

53. Divindade taoísta à qual se credita a invenção dos ideogramas chineses e, por isso, é cultuada como o deus dos estudos.

Imperadores[54], o duque de Zhou e também Confúcio, souberam guardar a si próprios pelo *tao*, de modo que não houve lugar para me incluir entre eles.

— Poderia me falar mais sobre Buda, por favor? — perguntou Park.

— O duque de Zhou e Confúcio são dois homens sagrados da alta cultura chinesa, enquanto Buda é o homem sagrado entre os grupos bárbaros a oeste. Ainda que a China seja culturalmente avançada, existem tanto pessoas puras quanto as de índole corrompida, de modo que o duque de Zhou e Confúcio governaram para todos. Da mesma forma, ainda que as multidões bárbaras a oeste sejam ignaras, há, entre elas, pessoas de natureza célere e outras lentas, de modo que Buda ensinou a todas elas. Os ensinamentos do duque de Zhou e de Confúcio combatiam o *tao* ardiloso com o *tao* correto, enquanto a lei de Buda combatia o *tao* ardiloso com o *tao* ardiloso. Por ter combatido o *tao* ardiloso por meio do *tao* correto, as palavras do duque de Zhou e de Confúcio foram honestas, mas as palavras de Buda foram inconsistentes, pois buscou combater o *tao* ardiloso com a mesma moeda. Foi fácil para os homens sábios seguirem tais palavras de honestidade, mas também foi fácil para os

---

54. Governantes míticos, considerados iniciadores da civilização chinesa. Juntamente com eles, o duque da dinastia Zhou e Confúcio completam o pilar de fundação da cultura chinesa.

incultos se deixarem levar por aquelas palavras inconsistentes. Porém, no fim de tudo, ambos tiveram o intento de fazer com que tanto os sábios quanto os ignaros voltassem ao fundamento, aos princípios. Sua intenção não era desorientar o mundo e enganar o povo, levando-os para o descaminho das heterodoxias.

— Como é a teoria sobre o espírito? — voltou a perguntar Park.

— O espírito é formado pela alma do yin e do yang. Em geral, o espírito é sinal de que há combinação e harmonia entre as duas coisas. Por isso, o espírito é dotado de uma mestria inata tanto na substância quanto no fenômeno do universo. Chamamos de vulto ou fisionomia quando se está vivo, e de espírito quando se está morto. Mas não há diferença, no fundamento e na lógica, entre os dois estados.

— Há, em nosso mundo, um ritual pelo qual prestamos cerimônia aos espíritos. São diferentes o espírito que desfruta dessa cerimônia e o espírito resultante dessa combinação e harmonia? — perguntou Park.

— Não diferem entre si. Como é que um estudioso como tu não sabe disso? Um antigo estudioso confucionista disse uma vez que um espírito não possui forma nem som. Mas a geração e a extinção da matéria se realizam, respectivamente, pela combinação e pela dissociação do yin e yang. Prestar rituais para o céu e para a terra é um ato de respeito à harmonia do yin e do yang; e prestar rituais para a natureza é um ato de retribuição aos movimentos e transmutação do yin e do yang. Oferendar banquete aos antepassados é um ato de agradecimento à nossa origem; e prestar cerimônia aos Seis Deuses que guardam as cinco direções, norte, sul, leste, oeste e centro, serve para prevenir catástrofes. Tudo isso se dá para que as pessoas dediquem o devido respeito e reverência, não significa que os espíritos adquiram formas para, temerariamente, trazer infortúnio ou graça para os humanos. Apenas quer dizer que as pessoas queimam incensos, lamentam-se e se comportam como se o espírito estivesse ao seu lado. Quando Confúcio disse "Respeite o espírito, mas também mantenha-se longe dele", ele o fez justamente tendo isso em mente — respondeu o rei.

— Mas no mundo dos humanos existem de fato energias abomináveis e assombrações hediondas que aparecem, desorientam e fazem mal às pessoas. Elas também são espíritos? — indagou novamente Park.

— O espírito é a combinação daquilo que se enovela e se desenrola. Aquilo que se enovela e depois se desenrola é o espírito da harmonia, e o que se enovela mas não se desenrola depois é um espírito aprisionado que se enrijece numa assombração. Um espírito, como ele deve ser, se coaduna com a harmonia de modo que está sempre junto de yin-yang e não deixa rastros quando se dissipa, ao passo que uma assombração, por estar aprisionada, guarda mágoa e se mistura entre homens e animais, adquirindo forma. Chamamos a assombração da montanha de *duende de quatro patas*, a assombração da água de *duende-criança*; chamamos a assombração das pedras de *duende-dragão*, e a assombração das pedras e da madeira de *duende-perneta*. Chamamos de *assombração-penada* a que fere a tudo e a todos, e de *diabo* aquilo que penaliza a tudo e a todos. Chamamos de *assombração-encosto* aquele que está apegado às coisas, e de *assombração-mandinga* aquele que enfeitiça a tudo e a todos. Todos são duendes. Do espírito não se pode mensurar o yin ou o yang. Seu uso é misterioso e depois volta ao seu fundamento. O céu e o homem partilham do mesmo fundamento e não há nenhuma distância entre aquilo que se tornou visível e aquilo que permanece oculto. Chamamos de quietude quando algo volta ao seu fundamento, e de curso natural quando algo segue o destino dado pelos céus. A harmonia acontece do início ao fim, mas não é possível rastrear essa harmonia. Chamamos a isso de *tao*, o caminho. Portanto, dizemos que "grandiosa é a virtude do espírito"! — bradou o rei.

— Já ouvi budistas dizerem que "acima do céu há um lugar cheio de alegria chamado paraíso e também um lugar de sofrimento chamado inferno, e que, neste último, dez grandes reis se postam para torturar os criminosos dos dezoito infernos". Isso é verdade? E dizem que um morto tem seus pecados perdoados se, passados sete dias da morte, alguém prestar um ritual de oferendas ao Buda, queimando incenso e dinheiro para desejar a subida de sua alma ao céu. Mas mesmo alguém perverso e violento merece esse generoso perdão? — voltou a perguntar Park.

Desta vez, o rei respondeu sem esconder a surpresa:

— Jamais ouvi algo assim. Já escutei os antigos dizerem: "Chamamos de *tao* um evento de conversão do yin para yang e de yang para yin, chamamos de *mutação* um evento de abertura e de fechamento, chamamos de *criação* o processo de gerar e tornar a gerar vidas, e de *correção* a ausência de falsidade." Sendo dessa maneira, como pode haver um outro céu-terra fora deste, ou um outro mundo além deste? Rei é o nome que se dá àquele para o qual todo o povo ao final se volta. Antes das três dinastias sagradas Xia, Shang e Zhou, os donos de todas as criaturas eram chamados de reis, não havendo outra denominação. Quando o mestre Confúcio compilou o *Livro da primavera e outono*[55], organizando os anais oficiais da dinastia Lu[56], instituiu a grande lei que não pode ser substituída por rei nenhum, e chamou o rei de Zhou de Rei do Céu. Com isso, não havia mais nada a acrescentar

---

55. Um dos cinco clássicos chineses.
56. Dinastia Lu chinesa (722-481 a.C.).

na denominação de "rei". Mas quando o Reino de Qin dominou seis outros Estados, unificando todos os reinos sob o céu, passou a chamar seu rei de "imperador", querendo dizer que sua virtude era igual à soma das virtudes dos Três Soberanos e seus méritos eram mais soberbos do que os dos Cinco Imperadores lendários.[57] Na época, vários passaram a se autodenominar reis, sem ter competência para tal, como era o caso dos governantes de Wey e Chu. Com isso, a legitimidade dos reis ficou deturpada e até os reis Mun, Mu, Seong e Kang de Zhou tiveram seus títulos supremos deteriorados. As pessoas do mundo são ignorantes e não se pode culpá-las, pois acabam cometendo atos que ultrapassam seus limites, movidas somente pelo compadecimento. Mas como é que pode haver tantos reis dentro de um mesmo castelo, se os deveres de um súdito continuam honrados? Nunca ouviu falar das palavras de um antigo sábio que dizia: "No céu não pode haver dois sóis, e no reino não pode haver dois reis"? Por isso, não posso acreditar nas palavras dos budistas. Não entendo por que queimar incenso e dinheiro para desejar a subida da alma de um morto ao céu, ou prestar cerimônia de oferendas ao rei! Peço que me expliques com mais detalhes as enganações e falsidades do mundo humano!

---

57. Ver a nota 54.

Park se postou de pé, ajeitou a gola e disse:

— No mundo, depois que os pais morrem, não se realizam mais cerimônias fúnebres e de condolência após completar 49 dias. A partir de então, concentram-se em prestar oferendas, tanto aqueles de posição elevada quanto os inferiores. Um rico abusa do seu dinheiro e incomoda o ouvido das pessoas, enquanto os pobres chegam a vender plantações e casas, ou ainda tomam emprestado dinheiro e grãos. Fazem bandeiras de papel, flores com retalhos de seda, reunindo monges para rezar pela boa fortuna. Produzem, ainda, bonecos de argila, chamando-os de "pastor budista", que supostamente presidem as cerimônias, cantando hinos budistas e entoando cânones, sons estes que se assemelham, para mim, a pássaros gralhando e ratos guinchando. Não se pode encontrar neles nenhuma filosofia propriamente dita. O primogênito do falecido traz a esposa e os filhos, e convida os amigos, de modo que, na reunião, se misturam homens e mulheres, o terreno sagrado do templo se torna uma latrina a céu aberto, repleto de cocô e xixi, e o lugar sagrado onde o Buda alcançou a iluminação se transforma numa feira barulhenta. Ainda por cima, evocam os Dez Reis do inferno, prestando rituais com banquete e queimando dinheiro, a fim de pedir perdão pelos pecados. E então, será que os Dez Reis do inferno ousariam receber tudo aquilo, movidos pela ambição, abandonando a devida compostura? Ou será que vão observar os preceitos, imputando-lhes castigos severos conforme as leis? Isso é algo que me deixa indignado e irado, mas não pude expressá-lo até agora. Peço que esclareça isso para mim, por favor.

— Ai, ai, como é que se chegou a esse ponto? Quando se nasce, o céu atribui o sexo da pessoa, a terra a nutre com a vida, o rei a governa pela lei, o mestre a ensina pela correção e os pais o criam com dádivas. Com base nisso, é que temos uma hierarquia nas virtudes e ditames morais das cinco relações humanas fundamentais confucionistas, ou seja, a benevolência na relação do governante-súdito, a retidão na relação pai-filho, a propriedade na relação irmão-irmão, a sabedoria na relação marido-esposa e a lealdade na relação amigo-amigo. É também daí que damos um ordenamento nos três princípios básicos que regem a doutrina confuciana, que são do governante para com o súdito, do pai para com o filho e do marido para com a esposa. Portanto, é auspicioso zelar por esses Três Princípios e Cinco Virtudes. Descumpri-los é atrair calamidades. Por isso, o auspício e a catástrofe dependem das ações dos homens no mundo. Quando alguém morre, sua energia se desintegra, a porção yang de seu espírito sobe ao céu e se dissipa, ao passo que a porção yin de seu espírito cai por terra, voltando à sua origem. Se é assim, como é possível permanecer no inferno escuro depois que se morre? É verdade que uma alma que guarde mágoa, ou um espírito que morra muito cedo ou de forma violenta, não consegue morrer direito e, nesses casos, podem ficar chorando alto em campos de batalha ou em campos de areia. Ou, ainda, podem ficar chorando sinistramente numa casa que guarde uma história de rancor ou de alguém que tenha se suicidado. Isso acontece porque morreram sem poder cumprir toda a sua energia vital. Às vezes eles se fiam em xamãs para desenroscar seus corações emaranhados, ou ainda se aderem a uma pessoa para ficar falando de suas mágoas. Mas, ainda que seu espírito não se dissipe com a morte, ao final acaba se esvanecendo, mesmo que tardiamente. Sendo assim, como é que se pode morrer e depois se vestir de uma forma, ainda que de maneira provisória, para ser castigado no inferno? Se és um verdadeiro pensador confucionista, que busca o fundamento de todas as coisas, deves conhecer tudo isso, naturalmente. O absurdo é ainda maior quando se trata de queimar incenso ao Buda e oferecer rituais aos Dez Reis do inferno. O significado do incenso é de purificação, e ele é queimado para corrigir o curso de algo que não está correto. Buda é o nome da pureza, e rei é o nome da majestade. Exigir carroças ou ouro de quem quer que seja já foi reprovado no livro *Primavera e outono* de Confúcio, sendo que o uso do dinheiro e da seda foi iniciado, lamentavelmente, nos reinos de Han e Wey.[58] Como um deus se deleitaria com ofertas de mundanos, e como um rei majestoso receberia suborno de pecadores? Como um ser do inferno poderia isentar os castigos do mundo, assim, à sua vontade? Isso também não é algo que um confucionista, estudioso dos fundamentos, deveria obviamente conhecer? — indagou o rei.

— Gostaria de perguntar sobre aquela ideia de que, enquanto as reencarnações não estiverem esgotadas, continua-se vivendo num outro mundo depois de morrer neste — voltou a perguntar Park.

— A reencarnação até pode ser possível enquanto o espírito ainda não tiver se dissipado depois da morte, mas, com o tempo, ele se dissipa e se extingue — respondeu o rei.

— Com que desígnio o senhor se tornou rei nesta longínqua terra?

— Quando eu estava no mundo dos homens, dediquei toda a minha lealdade ao rei e subjuguei os bandidos com todas as minhas forças. E jurei que "mesmo depois de morrer, tornar-me-ia um espírito temível a punir bandidos". Mas esse desejo ainda não se cumpriu por completo, e meu sentimento de lealdade ao

---

58. Reinos chineses Han (206 a.C.-220 d.C.) e Wey (220-265).

rei ainda não se extinguiu. Por isso, vim até este lugar grotesco para me tornar seu governante. Os que agora vivem aqui e se submetem a mim mataram seus pais ou governantes, ou formavam bandos trapaceiros ou quadrilhas hediondas. Eles vivem agora nesta terra sob meu comando, buscando corrigir suas mentes obtusas. Mas não se pode ser governante daqui nem por um dia se não for alguém honesto e livre de interesses pessoais. Ouvindo-te, vi que és honesto e guardas retidão em teus intentos, e que, no mundo dos homens, não tens violado tua autolealdade. Por isso, eu poderia considerar-te um verdadeiro mestre. Mas, infelizmente, não tiveste nenhuma oportunidade de realizar tua verdadeira aspiração, como uma pedra de jade da mais alta estirpe jogada num campo cheio de poeira, ou uma lua brilhante mergulhada no fundo de um lago. Se não encontrares um mentor digno, quem poderá reconhecer que és um valioso tesouro? Isso seria algo para se lastimar, deveras? Meu tempo já está se acabando e pretendo em breve descansar minha espada e o arco. Tu também estás perto de terminar teu destino em teu mundo e logo serás enterrado em meio a um mato de artemísia. Sendo assim, quem mais poderia governar esta terra, além de tu?

 O rei ordenou um banquete e dispensou um tratamento soberbo a Park. Fez perguntas sobre as histórias de apogeu e declínio dos Três Han, três antigos reinos coreanos[59], às quais Park respondeu com zelo. Quando a história dos reinos coreanos chegou ao golpe que iniciou o Reino da Alta Beleza, o rei emitiu lamúrias aflitas antes de continuar.

— Aquele que governa um reino não deve submeter o povo por violência ou ameaça. Ainda que o povo, temeroso, se sujeite por um momento, ficará alimentando o desejo de traição e, à medida que passarem os dias e as noites, o infortúnio sobrevirá como uma camada de gelo que vai se espessando. Aquele que está munido da virtude moral não pode ocupar o trono pela força. Ainda que o céu não dirija palavras de rogo, demonstrará por atos, pois o destino do governante supremo é imutável. Geralmente, um reino pertence ao povo e o desígnio do governante vem do céu, mas se o desígnio do céu se esvai e o povo vira as costas, como é que um governante poderia salvaguardar sua vida?

Park então mencionou os governantes do passado que acabaram idolatrando heresias e atraindo ocorridos estranhos, ao que o rei franziu a testa e disse:

— Se o povo clama por tempos de paz, mas enchentes e secas não cessam, é sinal de alerta do céu para que o governante se cuide sem descanso e mantenha o decoro.

---

59. Três reinos coreanos antigos de datação complexa, aproximadamente oriundos do século II a.C. ao século II d.C.

Se o povo ralha e lamenta, mas acontecem coisas auspiciosas, é porque um espírito maléfico bajulou o governante para que este se torne ainda mais arrogante e incauto. Por isso, se algum governante do passado atraiu eventos auspiciosos, teria o povo encontrado alívio? Ou clamaria por justiça?

— Quando súditos traiçoeiros assomam como um enxame de abelhas e grandes catástrofes não cessam, aquele que está acima acha por bem ameaçar o povo e busca resguardar seu nome valendo-se do terror. Como isso poderia trazer tranquilidade?

O rei pensou um pouco e depois disse, conclamando:
— Tuas palavras estão corretas!

Depois do banquete, o rei quis passar o trono a Park e por isso escreveu, de próprio punho, o seguinte documento:

Esta Terra das Chamas Flutuantes é na realidade uma vila acometida por uma doença endêmica e, por isso, nem o rei Yu, o Grande, que erigiu a dinastia Xia, nem os oito velozes cavalos do rei Mu de Zhou conseguiram conquistar este lugar. As nuvens vermelhas cobrem o sol e uma neblina tóxica se interpõe e cobre o céu. Quando se tem sede, deve-se tomar água de cobre fervente que exala vapor quente, e quando se tem fome, deve-se alimentar de pedaços de ferro derretendo em chamas. Somente um espírito malfeitor ou raxasa[60] consegue pôr os pés aqui, e apenas um duende consegue viver à vontade neste lugar. O castelo é cercado por muros de fogo que se estendem por mil milhas, e montanhas de ferro se enfileiram rodeando-o em mil camadas. Os costumes são truculentos e obstinados, de modo que somente uma pessoa correta consegue discernir as trapaças; o relevo é tortuoso e escarpado, portanto apenas alguém com autoridade e domínio consegue realizar a doutrinação moral das pessoas. Ah, tu, que vens do reino ao leste, és honesto e livre de pequenos interesses, és íntegro e decidido, possuis habilidades e talentos inatos para educar os ignorantes. Na vida não tivestes a devida reputação e glória, mas, depois desta, terás método e mandato para governar um reino inteiro. A quem, além de ti, todas as criaturas do mundo se fiariam até a eternidade? Deverás, com certeza, guiar a todos pela virtude e aparar as arestas pela deferência, fazendo com que este povo conheça o que é a bondade infinita, apreendendo-a no fundo do coração e aprendendo a exercitá-la com o próprio corpo. Assim, poderás guiar este reino para um mundo pacífico e alegre. Erijo as leis seguindo os desígnios do céu e sigo os lendários reis dos tempos sagrados, que souberam passar a coroa tão

---

60. Raça de seres mitológicos humanoides ou espíritos malignos, nas religiões budista e hindu.

somente pela legitimidade moral, legando o trono a ti. Ah, tu, sejas prudente!

Park se levantou para receber o documento e se retirou, conferindo a cada movimento todo o protocolo e o cerimonial, até finalizar com duas profundas reverências. Então, o rei entregou aos súditos e ao povo um termo com a ordem para felicitá-lo, despedindo-se dele com as pompas devidas a um príncipe regente. Por fim, entregou outro documento a Park:

— Não tardarás a voltar. Sei que é trabalhoso, mas peço que, ao chegar à tua terra, propagues entre os homens as coisas sobre as quais falamos hoje, para acabar de vez com as teorias disparatadas.

Park prestou-lhe mais duas reverências, agradeceu e disse:

— Como eu ousaria deixar de honrar, ainda que seja por um milésimo, suas belas palavras?

E saiu do castelo acompanhado de servos. Mas o servo que puxava o palanquim tropeçou, e este virou, levando Park ao chão. Quando acordou num sobressalto, percebeu que tudo havia sido um sonho. O livro estava jogado na mesa e a vela da lamparina vacilava. Park ficou um bom tempo exclamando intrigado, e deduziu que sua morte estava próxima. Assim, permaneceu dias concentrado em tomar providências para dar fim aos assuntos pendentes da casa. Depois, adoeceu por vários meses, mas recusou médicos ou xamãs, até de fato falecer.

Na noite em que Park morreu, os vizinhos disseram ter visto um imortal em sonhos a dizer:

— Park, que vivia em sua vizinhança, será agora o rei do Reino dos Mortos.

O banquete esvanecido no Palácio do Fundo das Águas

No município de Pinhos havia uma montanha incrivelmente alta que parecia perfurar o céu. Por isso, era chamada de Monte Arranha-Céu. Nela havia um lago com uma cachoeira chamado Lago da Cabaça. Era pequeno, mas fundo a ponto de não se conhecer sua profundidade, e a água que dele transbordava formava uma queda que se estendia por trezentos metros. A paisagem era límpida e bela, lugar de visitação obrigatória para monges peregrinos e viajantes que passavam por perto. A literatura sobre seu cenário enigmático e assombroso era farta desde tempos antigos, e até a realeza procurava o lugar para prestar cerimônias e rituais que ofereciam sacrifício animal.

Foi no tempo do Reino da Alta Beleza, onde vivia Han. Desde criança, ele era exímio em versos e sua fama alcançara o palácio, sendo chamado de "oficial das letras". Um dia, estava à toa em seu quarto tarde da noite quando, de repente, duas autoridades trajando vestes oficiais desceram do céu e se prostraram em seu jardim:

— A divindade do Lago da Cabaça nos ordenou que o levássemos.

Han tomou um grande susto e perguntou, alterado:

— Sei que não há caminho de comunicação entre divindades e humanos! Como eu poderia ir até ela? Além disso, o Palácio do Fundo das Águas é bem distante e as ondas, muito altas, a ponto de nos engolir! Como seria possível chegar até lá?

— Um bom cavalo corredor o espera lá fora. Por favor, não recuse.

Os dois então se curvaram em reverência, puxaram-no pelas mangas e saíram. Havia ali, de fato, um cavalo de cor azul, com sela de ouro e freio de jade, com uma fita de seda amarela amarrada na cabeça. Também tinha asas. Mais de dez servos o esperavam, todos com um lenço vermelho na cabeça e trajando calça de seda. Eles ajudaram Han a subir no cavalo. Depois, homens segurando flâmulas e guarda-sóis guiaram o caminho, mulheres o acompanharam tocando instrumentos, enquanto os dois primeiros súditos seguiram-no, carregando o cetro real.

Quando o cavalo ascendeu ao ar, Han viu apenas uma névoa espessa abaixo dos pés, sem mais avistar a terra abaixo dele. Num instante, chegaram ao portão do palácio e Han desceu do cavalo. Os porteiros, vestidos com armaduras em formato de caranguejo e tartaruga e segurando lanças e croques, guardavam a entrada com ar hostil e agressivo, revirando o branco dos olhos enormes. Mas, quando viram Han, curvaram-se em reverência e estenderam um tablado para que ele descansasse. Pareciam já estar à sua espera. Os dois súditos que o acompanharam entraram a passos apertados para anunciar sua chegada. Pouco depois, surgiram dois meninos em roupas azuis, que se curvaram com uma mesura e o guiaram para dentro. Han foi caminhando devagar e, ao transpor o portão do palácio, ergueu os olhos e leu a inscrição "Portão da Benevolência". Quando adentrou o palácio, o rei do Fundo das Águas veio recepcioná-lo em pessoa, usando uma coroa extremamente alta na cabeça e uma espada na cintura, munido de um cetro de bambu. O rei o levou para a parte superior do castelo, no Palacete do Cristal, e o fez sentar-se num tablado de jade branco. Han se prostrou de imediato, recusando-se com veemência:

— Pertenço ao mundo inferior, que aceita de bom grado apodrecer junto com as árvores. Como eu poderia ir contra a soberba dignidade de alguém tão divino, aceitando um tratamento além de meus limites?

— Há tempos ouvimos sobre tua fama e te temos em alto respeito. No entanto, deixastes de lado tua digna e

solene nobreza e viestes até aqui, o que nos faz sentirmo-
-nos honrados. Não estranhes o tratamento, por favor.

Assim respondeu o rei, abanando os braços efusivamente e se curvando em reverência, reforçando o convite para que Han se sentasse. Ele recusou por três vezes, até que cedeu. O rei se sentou na pomposa poltrona real na face sul, enfeitada com sete tipos de pedras preciosas, enquanto Han se postou na face oeste. Mas, antes mesmo de se acomodarem devidamente, o porteiro anunciou:

— Temos visitas.

O rei do Palácio do Fundo das Águas voltou ao portão para recepcioná-las. Eram três. Vinham em liteiras coloridas e vestiam túnicas vermelhas, mas os oficiais que as acompanhavam, bem como todo o protocolo, demonstravam que se tratava de uma procissão real. O rei conduziu as visitas ao palacete. Enquanto isso, Han ficou meio escondido sob a janela de içar, esperando para se apresentar quando todos já estivessem acomodados. O rei pediu às visitas para se sentarem na face leste e disse:

— Hoje, oportunamente, temos entre nós um erudito das letras do mundo dos homens. Não o estranhem, por favor.

Em seguida, ordenou aos oficiais do cerimonial que trouxessem Han, e este se dirigiu a eles com uma cerimoniosa reverência, ao que os três recém-chegados responderam também com mesuras. Convidado a se sentar, Han recusou mais uma vez:

— Os senhores são divindades honradas em corpos preciosos, enquanto não passo de um reles estudioso confuciano. Como poderia permitir-me um lugar tão sobrelevado?

Diante de sua firme recusa, eles responderam:

— O mundo yin, dos espíritos, e o mundo yang, dos homens, trilham caminhos diferentes, sendo impossível que um governe o outro. Mas a majestade de nosso rei é grande e tem olhos para discernir as pessoas. Por isso, deves ser, ao certo, um renomado grão-mestre em versos do mundo dos homens. É um pedido de nosso rei, portanto, não recuses.

— Senta-te — insistiu o rei.

Quando os três voltaram a se sentar, Han subiu ao piso e, ainda curvado, se ajoelhou num canto. O rei tornou a pedir que se acomodasse confortavelmente. Apenas então todos tomaram seus assentos e compartilharam uma rodada de chá.

— Tenho uma única filha, que já se tornou adulta. Gostaria de casá-la com uma pessoa adequada, mas aqui onde vivo tudo é muito simples e humilde, sem uma casa apropriada para abrigar o noivo, muito menos um quarto propício para acender as velas nupciais.

Na verdade, só agora consegui construir um pavilhão para esse fim e o nomeei como o Recinto da Bela União — explicou o rei. — Já reunimos os artesãos e arranjamos todos os detalhes em madeira e pedra. O que falta agora são versos de um mestre das letras para inaugurar o recinto. Segundo os boatos, és um mestre das letras amplamente conhecido nos três reinos coreanos, sendo considerado o mestre dos mestres. Foi por isso que te convidei especialmente para este lugar tão distante. Seria uma grande bênção se puderes compor esses versos de inauguração.

Mal essas palavras foram ditas, apareceram duas crianças com os cabelos partidos em dois coques. Uma delas trazia um pincel de bambu mosqueado, que se sabia ser da margem do Rio Shang, na China, e um pires de tinta feito de jade esverdeado. A outra trazia um rolo de seda branca. Elas se ajoelharam diante de Han e lhe entregaram os objetos.

Han curvou a cabeça e se abaixou em reverência. Depois, levantou-se, molhou o pincel na tinta e passou a escrever os versos. Seus gestos eram como uma dança entrelaçada de nuvens e névoa.

> Ouso pensar que, neste céu-terra, o deus do Fundo das Águas é o mais divino entre todas as deidades, e que no mundo dos homens o cônjuge é o ente mais precioso. Se

o rei do Palácio do Fundo das Águas já trouxe opulência a todas as coisas do mundo, como não haveria de sua boa-venturança se prolongar? O *Livro das odes* já cantou sobre a importância de se buscar um bom cônjuge, deixando claro o ponto de partida da harmonia de todas as coisas. No *Livro das mutações* está escrito "tenho dragão em mim e isso é auspicioso para encontrar pessoas grandes", mostrando o rastro das transformações divinas do rei do Palácio do Fundo das Águas. E, agora, ele erigiu um novo pavilhão, sob um nome elevado e sagrado. Reuniu jacarés e serpentes-monstros para proclamar a força, buscou conchas preciosas para servir de matéria-prima, levantou pilares com cristais e corais, e pendurou janelas feitas de ossos de dragão e jade firme com uma delicada cortina de contas, através da qual se vê o vapor tingido de verde das montanhas e nuvens abraçando os vales.

Que o casal desfrute de harmonia e paz em família, que sua ventura seja de mil anos, compartilhando a boa companhia e legando uma prole de um milhão de gerações. O casal se espelhará nas transformações dos ventos e das nuvens e preservará longamente a virtude da concórdia; no céu ou no lago, sanará os anseios do povo; imerso na água ou alçado ao céu, auxiliará o coração bondoso do Deus Supremo. Ao voar para o alto, tornará puro o céu--terra e sua dignidade e virtude alcançarão o perto e o longe. A tartaruga negra, o deus protetor do Norte, e a carpa vermelha, pressagiadora de auspício, cantarão e pularão de alegria. O espírito da árvore e o duende da montanha formarão fila para felicitá-los. Por isso, componho uma breve canção para enfeitar a janela lindamente talhada.

Da janela de içar, vejo a leste
Um pico tingido de vermelho e verde posta-se alto e
    sustenta o céu azul
Trovões da noite sacudiram as margens do rio a serpentear
    pelas curvas do vale
Ouço o som cristalino da cortina de contas sobre o
    precipício azul-verde que se estende ao longe

Da janela de içar, vejo a oeste
Uma trilha contorna a rocha onde trilam pássaros da
    montanha
Quão fundo será o lago imerso em sua quietude abissal?
É primavera, a água do rio é funda e clara como cristal

Da janela de içar, vejo a sul
Um crepúsculo azul envolve o imenso bosque de cedros
    e pinheiros tortos
Quem há de saber deste Palácio do Fundo das Águas,
    colossal e soberbo?
No piso de vidro azul-verde encerram-se apenas sombras

Da janela de içar, vejo a norte
A água do lago é azul como espelho ao alvorecer
Um caminho de seda branca se estende sem fim
    atravessando o vazio do firmamento
Parece que vejo a Via-Láctea caída do céu

Da janela de içar, vejo acima
O arco-íris brilhante brinca no céu como se acariciasse
    o ar
Lá, onde brota o sol a leste, fica a dez milhões de distância
Mas quando volto os olhos para o mundo dos homens,
    tudo não passa da palma da mão

Da janela de içar, vejo abaixo
Quando o vapor da terna primavera sobe pelas colinas
Quisera eu tomar uma gota daquela fonte divina
Para espalhar sobre a terra, transformada em doce chuva

Assim, desejo que, depois de pronta esta casa e acesa a vela da madrugada nupcial, mil fortunas se acheguem e toda a sorte de auspícios para cá confluam. Que nuvens benéficas envolvam o belo palácio e que emanem somente sons de alegria do travesseiro e das cobertas enfeitadas com a fênix imortal e fiéis patos-mandarins. E que todo o seu mérito seja revelado e seu espírito divino se faça brilhar.

Quando Han mostrou os versos, o rei ficou extremamente contente e os compartilhou com as outras três divindades. Todos não pouparam exaltações e elogios. Nesse momento, o rei ordenou que fosse oferecido um banquete para agradecer pelo presente recebido em forma de versos. Han se ajoelhou diante de todos:

— Estão aqui reunidas as divindades mais dignas e supremas, e não ousei lhes perguntar suas elevadas graças.

— Vens do mundo dos homens e não hás de saber, naturalmente. O primeiro ali é a divindade do Rio dos Ancestrais, o segundo é o do Rio do Cais e o terceiro é a divindade do Rio das Ondas Azuis. Eu os convidei para te fazer companhia — respondeu o rei.

Passaram então às bebidas e a música começou a tocar, quando apareceram cerca de dez lindas mulheres que traziam uma flor de contas nos cabelos e balançavam mangas azuis. Elas começaram a dançar avançando e recuando, enquanto cantavam a melodia do "Canto das águas azuis":

> O monte azul, alto alto
> E o lago azul se move, fundo e largo
> O rio corre pelo vale ondeando como nuvem
> Fazendo esvoaçar gotas ao céu como se fossem alcançar
>   a Via-Láctea
> Ouve-se o som cristalino da argola real de jade

Como se houvesse alguém em meio à ondulação
O brilho da generosidade profunda e elevada
Cintila ofuscando os olhos
Escolhamos um bom dia, uma boa época
Em que ecoará o canto da fênix imortal
Hoje a casa brilha como se fosse alçar voo
Auspiciosa e divina!
Convidamos o mestre das letras a compor versos
Para finalmente içar as janelas do recinto cantando o
   tempo de prosperidade
Vertamos bebidas perfumadas para a rodada inicial
E saiamos pisando no sol de primavera, girando os
   corpos como andorinhas ligeiras
Um aroma auspicioso exala do incensário em formato de
   animal
E na cumbuca abaulada de pedra ferve o caldo de jade
Para movimentos lânguidos, tocaremos o tambor de
   madeira e couro de peixe
E para passos ligeiros, sopraremos a flauta enfeitada com
   cabeça de dragão
Com o sagrado rei do Fundo das Águas sentado na
   poltrona real
Não será possível esquecer sua honrada benemerência!

Assim que a dança terminou, cerca de dez rapazes segurando guarda-sóis de penas na mão direita e uma

flauta na mão esquerda começaram a girar, cantando a "Canção do pé de vento".

> Aquele monte ali, como se ali houvesse gente
> Vestindo roupa florida e com um cinturão de musgo
> Com o sol a poente, a água do rio se agita em finas ondas
> Como uma peça de seda
> Uma rajada de vento emaranha a ponta dos cabelos
> Dissipa-se no ar e faz esvoaçar o vestido
> Caminhamos a esmo, placidamente
> Passando uns pelos outros com sorrisos gentis
> Largo minha capa nas margens do rio
> E deixo o anel sobre a areia
> O orvalho molha a grama-veludo
> E a névoa adensa no topo das montanhas
> Miro de longe a ponta dos picos, altos e baixos
> Que parecem caracóis alçando ao céu sobre o rio
> Por vezes toco o gongo grande
> E, ébrio, cambaleio numa dança cai-cai
> A bebida transborda, formando uma corrente
> E peixes se amontoam, formando uma colina
> Já que o visitante ébrio também enrubesceu
> Vamos compor uma música nova para o deleite da cantoria
> Ora um puxa, ora outro segura
> Batendo palmas e dando risadas
> Bebemos à vontade tamborilando o jarro de jade

Mas ao fim dessa cristalina embriaguez, vem um
   sentimento de tristeza

Quando a dança terminou, o rei bateu palmas, lavou o cálice e tornou a verter bebida para oferecê-la a Han. Depois, começou a tocar a flauta e a cantar o "Som do dragão d'água", extravasando todo o êxtase de sua alegria. A letra da música era assim:

Verto um cálice de bebida ao som de orquestra
Do incensário em formato de girafa, sobe uma fumaça
   azul exalando aroma de cânfora
Suspendo a flauta e toco uma melodia
E o azul do céu parece ter lavado as nuvens
O som da música bate nas ondas
E a melodia pulsa ao vento límpido e lua clara
A paisagem é tranquila enquanto a vida envelhece
E ressinto-me dos anos que voam feito flechas
O deleite das artes é como um sonho
E ao fim da alegria, o tormento assoma
Quando dissipa a névoa de cinco cores no monte a oeste
No monte a leste surge a lua, clara e límpida como uma
   bandeja de gelo
Ergo o cálice e pergunto à lua clara suspensa no céu
Quantas vezes tenho visto olhares, belos e feios?
O cálice de ouro está cheio

E o homem ébrio desmorona como rui um monte
Quem foi que o empurrou e fê-lo cair?
Pois sacudamos o sofrimento e a melancolia de dez anos
Para alçar um voo exultante ao céu azul
Em prol de nosso precioso convidado

Quando a canção acabou, o rei olhou para os lados e disse:

— O jeito de se divertir daqui é diferente do mundo dos homens. Por isso, peço que os senhores mostrem seus talentos para nosso raro visitante.

Um deles se apresentou como doutor Pernas de Caranguejo, levantou um pé e saiu caminhando de lado:

— Sou um estudioso das letras que vive escondido nas frestas das rochas. Brinco perambulando entre os buracos na areia. Quando o vento é claro em agosto, vou à praia do Mar do Leste e fico a carregar nutrientes dentro da carcaça; e quando as nuvens se dispersam no céu de setembro, encerro a luz em mim ao lado da constelação do sul. Meu interior está cheio de líquido amarelo, por fora estou vestido de armadura resistente e arredondada e carrego uma arma pontuda. Acabo sempre entrando na panela com as pernas cortadas, e ainda que minha cabeça seja partida ao meio, só faço bem às pessoas. O sabor e o aroma de minha carne fazem relaxar a expressão dos guerreiros, minhas feições e meu jeito de deslizar provocam riso nas mulheres. Se por um lado houve um rei que me odiava até dentro da água, alguns oficiais adoravam me ter à mesa. Já houve ministro que jamais bebia sem minha presença, mas meu retrato está preservado graças a um pintor chinês de Tang, que me desenhava sem igual. Deparo-me hoje com essa arena de divertimento, ocasião que pede minhas estripulias. Dançarei com as minhas pernas para o ar, com prazer!

Em seguida, ele vestiu a armadura e, segurando uma lança, começou a verter espuma pela boca, arregalando e revirando os olhos. Sacudia todos os membros, avançando e recuando, aos tropeços e coxeando, esboçando os passos da Dança dos Oito Ventos, conhecida por seus movimentos obscenos e repulsivos. Dezenas de dançarinos o acompanhavam em passos disciplinados e sincrônicos, ora rodopiando, ora se prostrando no chão. E ainda compôs uma canção:

> Ainda que viva em buracos fiando-me nos rios e mares
> Uma vez que solto o garbo, posso até disputar com um tigre
> Minha altura chega a três metros, que é para servir ao senhor do reino
> Sou mais de dez tipos, todos com nomes diferentes
> Caminho pedalando de lado
> Cheio de alegria pelo banquete do rei do Fundo das Águas

Deleito-me em ficar sozinho imerso na água
Até ser sobressaltado pelas lamparinas na travessia do rio
Não verto lágrimas em contas para retribuir uma graça
Nem carrego uma lança atravessada para vingar um inimigo
Os nobres sobre o lago zombam de mim
Por ser um casco vazio por dentro
Mas o sumo amarelo de minha barriga mostra que sou
    repleto de virtudes
Que até poderia ser chamado de homem superior das
    virtudes
A beleza de meu interior se estende para todos os membros
E se cristaliza em perfume na ponta de meu dedão, que
    brilha na cor do jade
Que noite é esta
Que nos leva a um banquete onírico no lago da montanha
O rei do Fundo das Águas levanta a cabeça e canta uma
    canção após outra
E as visitas cambaleiam para cá e para lá embriagadas
No tablado de jade branco, no palácio de ouro amarelo
Rodam cálices de bebida em meio à música
Três flautas do Monte das Deidades emitem notas
    primorosas
E as nove tigelas da morada das divindades estão cheias
    de uma sublime bebida
Até o espírito da montanha dança e baila
Enquanto peixes saltitam e se agitam n'água

Na montanha, nogueiras, e no campo, ervas amargas
Que saudades da linda amada, a quem não consigo
esquecer

O doutor Pernas de Caranguejo girava para a esquerda e se curvava para a direita, recuava alguns passos e se lançava para a frente. Todos os que estavam ali rolavam de tanto rir.

Assim que acabou a brincadeira, um segundo se apresentou como o professor Tartaruga. Ele arrastava a cauda e alongava o pescoço, demonstrando galhardia. E, com os olhos arregalados, adiantou-se:

— Eu me escondo sob as flores de mil-folhas e brinco na folha de lótus. Desde os tempos antigos, os sulcos de meu casco carregam visões misteriosas. Quando o rei de Xia precisou domar as enchentes, apareci no Rio das Quedas trazendo inscrições no casco que serviram para aplacar as águas e enaltecer os méritos do rei. Já fui capturado numa rede no Rio Azul, mas minhas proezas nas divinações acabaram se tornando estratagemas do sacerdote. Sei que partem minha barriga em dois para trazer o bem aos homens, mas as dores de ter a pele esfolada são mesmo difíceis de suportar. Um general do Reino de Lu até fez uma casa e esculpiu montanhas e plantas no pilar para abrigar o meu casco, como se fosse um tesouro. Com entranhas duras como pedra e armadura negra, posso expelir do peito uma força brutal. Certa vez, uma divindade montou em cima de mim para atravessar o mar, e até salvei um soldado que se afogava no meio do rio, pois o reconheci por ter me libertado no passado. Vivo, sou um tesouro que traz alegria ao mundo e, morto, uma preciosidade com poderes miraculosos. Agora, vou abrir a boca e soltar minha valentia para externar tudo o que ficou acumulado por mil anos dentro do casco.

Em seguida, passou a exibir sua valentia como prometera. Seu sopro formava um fio que se agitava e se estendia por mil pés, mas, quando inspirava o ar novamente, tudo aquilo sumia sem deixar rastros. Ora encolhia o pescoço e escondia os membros, ora estendia o pescoço e balançava a cabeça. Pouco depois, com vagar, deu passos para a frente, avançando e recuando a seguir, e dançou os passos da Dança dos Nove Feitos.[61] Compôs então a seguinte canção:

> Vivendo sozinho no lago da montanha
> Poupo a respiração e alongo a vida
> Já incorporei as cinco cores[62] em mim

---

61. Dança em voga na época da dinastia Tang, que cultua os nove grandes feitos do imperador.
62. São as cinco cores básicas — branco, amarelo, vermelho, azul e preto — segundo a filosofia do yin/yang, e os cinco elementos, respectivamente,

E caminho sacudindo dez rabos
Como cabe a uma tartaruga esfíngica de mil anos vividos
Ainda que arraste o rabo em meio à lama
Não desejo ter meu casco preservado quando morrer num
 recinto reservado
Minha vida é longa mesmo sem o elixir taoísta
E tenho poderes mágicos mesmo sem cultivar o *tao*
Acaso, em mil anos, se vier a receber a virtude
 concedida pelo céu,
Espalharei os auspícios mais iluminados
Sou ancião entre os bandos que vivem no mar
Auxiliei nos fundamentos dos antigos oráculos
E vim carregando letras nas costas, e números também
Que prediziam a fortuna e os infortúnios
Mas as desgraças são inevitáveis mesmo com sabedoria
 em abundância
E há feitos inalcançáveis apesar de todas as habilidades
Sem poder me esquivar de ter o peito partido e as costas
 queimadas,
Desapareci da vista dos homens na companhia dos peixes
 e camarões do mar
Mas hoje estico o pescoço e transponho os passos
 A prestar minha adoração neste elevado banquete

---

ouro, terra, fogo, madeira e água, os quais também estão ligados às notas da escala pentatônica, cinco direções, cinco órgãos internos, etc.

> Contemplo os versos primorosos capazes de engolir uma
> fênix
> Felicitando a metamorfose divinal do rei do Fundo das
> Águas
> Servem-nos bebida e tocam-nos música
> E a alegria não tem fim
> Sopram flautas e tocam tambor de couro de tartaruga
> Fazendo dançar até o dragão filhote escondido no fundo
> do vale
> Reuniram os duendes da montanha
> E convocaram os espíritos do rio
> Dançamos e pulamos juntos no jardim
> Ora gargalhamos, ora batemos palmas
> Com o sol começando a se pôr, o vento começa a revoar
> Peixes e dragões levantam voo e as ondas serpenteiam
> O coração entristece e sufoca
> Pois tempos bons assim não se têm amiúde

A música havia terminado, mas o professor Tartaruga, ainda em êxtase, dava saltos, dobrando e retesando repetidamente o corpo. Seus gestos não eram comparáveis a nada. Todos os que estavam no recinto seguravam a barriga de tanto rir.

Depois que a brincadeira acabou, os duendes das árvores e das pedras, bem como os espíritos das montanhas e florestas, se levantaram, cada qual exibindo suas proezas. Assobiavam, cantavam, dançavam, tocavam flautas, batiam palmas e também davam pulos. Cada um se divertia do seu jeito, mas a música era uma só:

> O espírito do dragão que jaz no lago
> Por vezes voa para o céu
> Ah, que sua fortuna se prolongue
> Por mil anos, por dez mil anos!
> Convidamos um magnânimo, com toda deferência e
>   cerimônia
> Sua distinção o faz parecer uma deidade
> Apreciamos uma nova e preciosa melodia
> Com notas que se encadeiam feito um colar de contas
> Que ela seja gravada numa delicada pedra de jade
> Para ser transmitida por mil anos
> Eis um banquete estupendo para saudar
> O homem das virtudes que retornará
> De um lado cantamos uma canção de amor
> Enquanto giramos e tocamos tambores — dum dum dum
> E do outro respondemos tangendo cítaras
> Remamos o barco com um só remo
> E bebemos até a água do rio como se fôssemos baleias
> Com toda a cerimônia e decoro, mas sem barreiras,
> Deleitamo-nos juntos nesta alegria.

Quando a música acabou, as três divindades se ajoelharam para escrever versos de oferenda. O primeiro, o deus do Rio dos Ancestrais, escreveu:

> A água dos rios flui para o mar sem cessar
> Suas ondas ligeiras e discretas fazem o pequeno barco
>   flutuar
> Assim que as nuvens se dissipam, o luar imerge na água
> E quando vem a maré, o vento invade a ilha
>
> Tartarugas e peixes brincam plácidos sob cálidos raios de sol
> E patos andam em bando no fluir cristalino da água
> Tenho chorado todos os anos debatendo-me contra as rochas
> Mas, nesta noite, um milhão de preocupações lavarei no
>   fluir do prazer

O poema do segundo conviva, o deus do Rio do Cais, era assim:

> Árvore com flores de cinco cores estende sua sombra
>   sobre o campo
> Onde, debaixo, se enfileiram instrumentos de toda sorte
> Dentro do cortinado translúcido, ouvem-se cantos
>   cadenciados
> E dentro da cortina de contas de cristal, corpos oscilam
>   em baila

Quem disse que a divindade do dragão vive somente
   dentro d'água?
O homem das letras é, desde sempre, o tesouro da festa!
Será possível amarrar o sol que se põe com uma longa corda
Para embriagarmo-nos por inteiro neste dia de primavera?

Já o poema do terceiro convidado era assim:

O rei do Fundo das Águas, já embriagado, acomodou-se
   no trono de ouro
E o chuvisco da montanha anuncia o crepúsculo
As mangas de seda balançam nos movimentos de uma
   dança refinada
E uma melodia sonante, delicada e graciosa, envolve a
   janela de içar

Por tantos anos tenho revirado as ondas de prata em
   indignação solitária
Mas hoje deleito-me em companhia bebendo num cálice
   de jade branco
Os anos passam, mas as pessoas não sabem
Que os feitos do mundo, de antes e de hoje, passam rápido
   demais!

Quando as três divindades terminaram de escrever
os poemas, o rei sorriu e os leu um após o outro. Depois,

ordenou que os entregassem a Han. Este se ajoelhou e leu os poemas três vezes e, em seguida, pôs-se de pronto a escrever uma longa poesia de vinte rimas para descrever o grandioso acontecimento do dia:

> O Monte Arranha-Céu desponta para além da Via-Láctea
> E a cachoeira voa longe no firmamento
> Para depois despencar em linha reta, perfurando a floresta
> E correr, transformado num riacho viril
> A lua está imersa sob a água que flui
> E abaixo do lago se esconde o Palácio do Fundo das Águas
>
> Foi o deus do Fundo das Águas metamorfoseado a deixar um rastro admirável
> E a voar alto arrebatando uma grande proeza
> A energia do céu-terra reunida se fez em fina névoa
> E os ares vastos levantam ventos auspiciosos
>
> Recebestes um título elevado no reino coreano
> Pois a missão do céu era grandiosa
> E agora buscas o palácio do céu montado em nuvens
> E trazes a chuva montado sobre o cavalo branco que balança a cauda e as crinas azuis
> Ofereces um suntuoso banquete neste palácio de ouro amarelo
> E faz soar música na escadaria de jade

O crepúsculo desce sobre a xícara de chá
E o orvalho puro molha as folhas de lótus vermelho
Reverências respeitosas plenificam a solenidade
E os cumprimentos finais atendem todo o rito cerimonial
Esplêndidos são os motivos que enfeitam a coroa
E a argola real de jade emite sons cristalinos
Peixes e tartarugas chegam e cumprimentam
E até as águas dos rios para cá convergem
Quão estonteante seu poder miraculoso!
E quão profunda e vasta sua estupenda virtude!
Da colina soa o tambor que apressa as flores
E do cântaro de bebida sobe um arco-íris
A ninfa celestial sopra a flauta de jade
E a Rainha Mãe d'Oeste[63] tange a cítara
Faço cem reverências e oferto bebida
Bradando três vezes os votos da vida eterna
A névoa encerra as frutas cobertas de geada
E na travessa brilham cristais e ervas
Iguarias das montanhas e dos mares enchem até a garganta
E meus ossos estão embebidos de sua graça
É como se eu tivesse bebido a energia sagrada
E alcançado os montes das três divindades

---

63. Ver a nota 12. Quando o rei Mu (976-922 a.C.), da dinastia Zhou, visitou o paraíso taoísta pela primeira vez, descobrindo o Palácio de Jade do Imperador Amarelo, o iniciador mítico da civilização chinesa teria encontrado também a Rainha Mãe d'Oeste, objeto de culto religioso antigo.

Agora que a alegria se esgotou e é chegada a despedida
O deleite das artes parece ter sido em sonhos

Quando Han terminou o poema, todos os presentes soltaram exclamações e não pouparam elogios. O rei agradeceu:

— Esse poema com certeza merece ser gravado em ouro e considerado tesouro de nossa casa.

Han fez uma reverência em agradecimento, adiantou-se e perguntou:

— Já vi as mais belas coisas de seu palácio. Será que eu poderia olhar agora os demais lugares do palácio e de seu magnífico território?

— Claro que sim!

Com a autorização do rei, Han saiu pelo portão e abriu bem os olhos para observar a paisagem. Mas conseguia avistar apenas nuvens e mais nuvens em camadas, em matizes de cinco cores, sem conseguir distinguir o leste do oeste. O rei então ordenou ao soprador de nuvens que as dissipasse. O soprador se postou no jardim do palácio, contraiu os lábios e deu um grande sopro, de modo que o céu prontamente clareou. Mas, mesmo assim, não se viam montanhas, rochas ou penhascos, apenas um mundo vasto e plano que se estendia a perder de vista, em formato de tabuleiro. Nele estavam enfileiradas flores de cristal e árvores de jade, e o chão era forrado de areia dourada e rodeado por um muro de ouro. O chão do jardim era feito de lajotas de vidro azul-esverdeado, sobre o qual se misturavam luzes e sombras.

O rei ordenou a dois súditos que ciceroneassem o convidado pelo reino. Com eles, Han chegou a um pagode, onde se lia a inscrição "Pagode de Consultação aos Céus". Era toda feito de vidro e enfeitado com contas e pérolas, contendo, ainda, gravações em dourado e verde. Quando subiu nele, sentiu como se estivesse flutuando e viu que tinha por volta de mil andares de altura. Han quis subir até o fim, mas o súdito o impediu:

— Somente o rei consegue subir aqui com seu poder espiritual, nem nós conseguimos ver tudo ainda.

A ponta do teto tocava as nuvens do céu, parecendo ser inalcançável por alguém do mundo humano. Han foi até o sétimo andar e desceu.

Depois, chegaram a um outro pagode onde se lia "Pagode de Escalada ao Céu".

— O que se faz neste pagode? — perguntou Han.

— É onde o rei arruma os aparatos reais e veste o traje e a coroa do cerimonial quando vai se consultar com o céu — respondeu o súdito.

— Eu poderia ver esses aparatos reais? — pediu Han.

Então o súdito o conduziu a um lugar onde havia um objeto parecido com um espelho redondo. Mas não era

possível ver direito de que se tratava, pois ele emitia um brilho forte a cegar a vista.
— O que é isso? — perguntou Han.
— É o espelho do Espírito dos Raios.
Havia também um tambor, de tamanho semelhante ao do espelho. Quando Han quis bater no tambor, o súdito o interrompeu, dizendo:
— Se tocares uma vez nesse tambor, todas as coisas do mundo irão tremer. Esse tambor é o tambor do deus do trovão.
Havia ainda um objeto parecido com um fole. Han fez menção de sacudi-lo quando o súdito o impediu de novo:
— Se sacudires esse fole uma vez, todas as montanhas e rochas irão ruir e até as maiores árvores irão fenecer. Esse é um fole de levantar vento.
Por ali ainda se via um objeto parecido com uma vassoura e, ao lado, um balde de água. Han quis borrifar a água, mas o súdito voltou a impedi-lo:
— Se borrifares essa água, causarás uma enorme enchente que destruirá as montanhas e fará ruir as colinas.
— Mas por que o aparato de dissipar nuvens não está aqui junto com os outros objetos? — quis saber Han.
— As nuvens são movidas pelo poder divino do rei e não podem ser controladas por um aparato.
— Onde estão as divindades do trovão, da nuvem, do vento e da chuva? — perguntou então Han.

— O Deus Supremo as aprisionou num lugar retirado para não ficarem perambulando por aí. Quando o rei chega, elas também aparecem — explicou o súdito.

Ainda havia outros aparatos por ali, mas não era possível saber a função dos mesmos. Notou também um longo corredor de depósitos, a sumir de vista, com portas trancadas a fechaduras gravadas em ouro com dragões.

— Onde é aqui? — perguntou Han.

— É onde o rei guarda os sete tesouros budistas: o ouro, a prata, o vidro, a ágata, a ostra gigante, o cristal e o coral.

Han ficou um bom tempo perambulando e observando as coisas, mas não era possível ver tudo.

— Agora vou voltar — anunciou.

— Pois não.

Mas, rodeado de camadas e mais camadas de portas, ficou sem saber para onde ir. Pediu então que o súdito o guiasse.

E, finalmente, foi agradecer ao rei.

— Graças à sua benevolência, pude conhecer a paisagem do mundo das divindades.

Han fez duas reverências e se despediu.

O rei entregou-lhe dois cristais conhecidos por emitir luz no escuro e dois rolos de seda numa travessa de coral como presente de despedida, acompanhando-o até o lado de fora do portão. As três divindades também fizeram reverências de despedida, subiram em suas carruagens e partiram.

O rei voltou a ordenar a dois súditos que guiassem Han com o chifre do rinoceronte capaz de perfurar as montanhas e abrir as águas.

— Sobe em minhas costas e fecha os olhos por uns instantes — disse um deles.

Han fez o que fora pedido. O outro tomou a frente, agitando o chifre do rinoceronte. Han sentia que estava voando pelo céu. Só conseguia ouvir um ruído constante de vento e de água. Quando o barulho cessou, abriu os olhos e viu que estava deitado na sala de sua casa.

Han saiu pela porta e mirou o céu. As estrelas rareavam e a aurora começava a despontar. O galo acabava de dar seus três cantos, de modo que o amanhecer já devia estar próximo. Lembrou-se de repente de algo e apalpou a roupa na altura do peito; eram os cristais luminosos e as sedas. Guardou bem os presentes numa caixa de seda, tratando-os como seu tesouro mais precioso, sem mostrá-los a ninguém.

Depois desse dia, Han deu as costas para as honras e os interesses do mundo dos homens e entrou para a Montanha da Luz. Ninguém soube dizer o que aconteceu com ele depois disso.

Ao fim do Volume Primeiro[64]

As cobertas azuis da casa de muro baixo ainda guardam
  a quentura
Na janela coberta de sombra das cerejeiras, o luar vai se
  iluminando mais e mais
Longas foram as noites vertendo óleo na lamparina e
  queimando incensos
A escrever, ao léu, um livro até agora não conhecido do
  mundo
Já não me atrai ocupar-me do pincel na biblioteca real
  dos clássicos e cânones
E, sentado circunspecto na noite profunda sob a janela
  sombreada de pinheiro
Com o bule e a xícara postos em asseio sobre a mesa negra,
Escrutino as preciosidades do deleite das artes

---

64. Poema à guisa de posfácio. Com essa indicação, é possível inferir a existência de volumes posteriores da obra, dos quais não se tem notícia.

Sobre o autor

Kim Si-seup (1435-1493), o gênio desafortunado

Pensador e poeta conhecido como "o gênio desafortunado", sua fama correu o Reino de Joseon (Manhãs Calmas), longeva dinastia coreana que teve início em 1392 e acabou apenas em 1897, já no limiar do século XX. Dizia-se que ele aprendera os caracteres chineses — na época, a escrita coreana ainda não havia sido inventada — aos oito meses de idade e compusera o primeiro poema aos três anos, ao contemplar um moedor de pedra que moía cevada: "Chuva não há, mas de onde vem esse som de trovões?/ Nacos de nuvem amarelados se espalham de pedaço em pedaço para as quatro direções." Sua fama teria alcançado os ouvidos do Grande Rei Sejong — inventor e promulgador do alfabeto coreano em 1446 —, que teria chamado Kim Si-seup quando este tinha cinco anos; impressionado, o rei presenteou-o com uma peça de seda.

Aos quinze anos, quando sua mãe faleceu, ele se mudou para a casa dos avós maternos com o objetivo de prestar três anos de luto, como reza a tradição confucionista.[65] Terminado esse período, casou-se aos dezoito anos e se retirou num templo budista para estudar, uma vez que passar num concurso público e se tornar um burocrata era tarefa incumbida a todos os filhos de nobres e determinava o sucesso ou o fracasso da família inteira. Então, ouviu a notícia de que o tio do legítimo rei, na época sob regência por ter apenas doze anos, aplicara um golpe na corte para tomar o trono do sobrinho. Indignado, queimou os livros, tornou-se monge e partiu em peregrinação, aos dezenove anos. Por esse episódio, ele ficou conhecido como um dos Seis Súditos Leais, mantendo fidelidade ao herdeiro legítimo do trono à custa de cargos e posições. A fama de Kim Si-seup

---

65. Nesse período, o filho suspendeu as atividades sociais e se retirou para um exílio privado.

perdurou durante sua peregrinação em virtude dos seus atos bizarros, como mergulhar num barril de excrementos, sendo muitas vezes apontado como louco. O próprio Kim se denominava "o forasteiro" e dizia que se sentia "como se estivesse batendo uma estaca quadrada num buraco redondo" para expressar sua sensação de desajuste. Yulgok (1536-1584), considerado o maior intelectual da dinastia Joseon, quem escreveu sua biografia, dizia que seus atos eram de um monge budista, embora tivesse um coração confuciano, afirmação que parece não fazer jus à sua figura como um todo.

De sua sensação de desajuste e impossibilidade de se contentar com uma solução de compromisso com a realidade política, merece menção o poema que ele escreveu já depois dos cinquenta anos de idade, num texto intitulado "Minha vida":

Depois que eu morrer, escrevam na lápide de meu túmulo
Que fui um velho sonhador até o fim
Direi então que terão bem me compreendido
E que saberão de meus intentos passados mil anos

Em 1463, passados dez anos do golpe, foi chamado para a corte e permaneceu na capela budista do palácio real, participando da tradução do cânone do budismo *mahayana* para a escrita coreana, a qual havia sido criada e promulgada em 1446 pelo Grande Rei Sejong (1397-1450), contra uma história letrada erigida sobre os ideogramas chineses. Em seguida, recomeçou sua peregrinação por dois anos até construir uma cabana na Montanha da Tartaruga Dourada, onde viveu por sete anos, recusando inclusive o convite da corte para novos projetos. Acredita-se que os contos deste livro tenham sido escritos nessa época, motivo pelo qual foram chamados de *Contos da Tartaruga Dourada*.

Somente aos trinta e oito anos retornou à capital com o desejo de se tornar um burocrata a serviço do rei, mas, sendo reprovado nos exames do concurso público, seguiu de volta para as montanhas. Aos quarenta e sete, interessou-se pela filosofia taoísta e largou a vida de sacerdócio budista, casando-se mais uma vez. Porém, com a morte da esposa no ano seguinte e a notícia de uma nova tentativa de golpe na corte, resolveu debandar de novo. Voltou a fixar residência, seis anos mais tarde, como mestre particular de clássicos chineses, mas recusou convites de casamenteiros, bem como um cargo público. Em 1493, aos cinquenta e nove anos, passou uma temporada num templo budista, onde escreveu o prefácio da edição coreana do cânone do budismo *mahayana*, falecendo dias depois.

Passados dezoito anos de sua morte, iniciou-se, a mando do rei, a coleta de suas obras para publicação. Mas, após dez anos, apenas três livretos de poesias haviam sido reunidos, sendo publicados em 1521. Em 1583, uma nova ordem real fez com que fosse redigida sua biografia, junto com a edição de suas obras completas, compostas de quinze livretos de poesias e seis de pensamentos, sob o título de *Coletânea de Mae-wol-dang*, sendo Mae-wol-dang um dos seus nomes literários, que significa "casa de quem ama as cerejeiras e a lua".[66] Em 1782, recebeu um cargo póstumo de ministro e, dois anos mais tarde, o título póstumo de *Cheonggan-gong*, cujo significado é "aquele que tem o caráter reto e límpido". Em 1927, um dos seus descendentes compilou e publicou suas obras completas de 23 livretos em seis volumes.

Em 1973, a coleção ganhou novos livretos, quando os *Contos da Tartaruga Dourada* foram editadas como um volume separado.

Y. J. I.

---

66. É conhecido, ainda, pelo nome de guerra Dong-Bong (Pico do Leste).

Sobre a obra

A coleção *Contos da Tartaruga Dourada* é considerada a primeira obra de ficção coreana em prosa e, apesar de uma certa controvérsia acadêmica sobre o fato, seu valor na história da literatura local como marco e referência é inegável. Deve-se ter em mente que o século XV marcou a consolidação de um Estado coreano — a dinastia Joseon, o Reino das Manhãs Calmas — erigido sobre os ideais confucionistas nos âmbitos moral e político e, por isso, somente escritos relacionados à ideologia e à filosofia confucionistas tinham seus valores reconhecidos, sendo um gênero como a prosa de ficção um terreno inexplorado e improvável. Assim, o desafio de um estudioso e letrado confucionista em criar histórias com a devida erudição que lhe cabia, como expressão de seus ideais sobre o amor, a poesia, a política e o deleite das artes, não deixa de ser um empreendimento surpreendente.

Parte inicial da edição coreana em xilogravura, pertencente a uma data presumida entre 1546 e 1567, feita pelo escritor coreano Yun Chun-nyeon (1514-1567). Fonte: SI-SEUP, Kim. *Geumo Sinhwa*, tradução de Kim Gyeong-mi. Seul: Penguin Classics Korea, 2009.

SOBRE A OBRA

Esta coleção de cinco histórias é também a obra representativa de alguém conhecido nos dias de hoje como um desafortunado prodígio da dinastia Joseon, que foi marcada por episódios sangrentos de golpes e conjurações. Talvez o peso dessa realidade tivesse levado o autor a imaginar experiências sobrenaturais. Nas cinco histórias, pode-se destacar uma fértil e lúdica imaginação aliada a uma delicada poeticidade lírica, além da erudição de um letrado confucionista. Seus protagonistas não se ajustam aos padrões socialmente desejáveis, para quem a vida nega os desejos, mas acabam passando por experiências nada ordinárias com seres de outros mundos, que vêm a recompensar seus infortúnios terrenos. São também histórias de superação em que os personagens desbravavam os próprios caminhos em meio aos obstáculos para a realização de seus desejos. Assim, o encontro entre o real e o irreal serve para expressar a determinação inquebrantável em realizar seus sonhos e para buscar sua merecida justiça, e o encontro entre seres reais e irreais sempre termina por provocar uma mudança de perspectiva e entendimento do mundo real pelos personagens, que acabam abandonando o universo dos homens, seja através da morte ou simplesmente por desaparecimento.

Este talvez tenha sido o retrato do próprio autor, que, apesar de seu ideal e talento extraordinário, preferiu viver uma vida de peregrino diante da realidade política que o privou de buscar realizar suas ambições sociais e políticas, e sua forma de superação talvez fosse por meio de um livre trânsito entre o real e o onírico, entre a vida e a morte, entre o destino e a determinação, entre o mundo dos vivos e o dos mortos, entre homens e divindades. Na qualidade de um erudito e letrado em cânones confucionistas, talvez fosse mais natural que o autor não reconhecesse outros mundos além do real e, por isso, a evocação de realidades paralelas pode ser vista como uma estratégia para falar do absurdo da vida real, onde não encontra resolução e, portanto, uma denúncia da realidade e também uma forma de catarse da angústia diante das injustiças. Nesse sentido, as narrativas fantasiosas dos *Contos da Tartaruga Dourada* guardam um teor fortemente participativo e realista, a se ver pelo fato de que, em paralelo à irrealidade das situações, muitas referências coreanas são evocadas — localidades, dinastias, reis, episódios históricos como levantes rurais, invasão de piratas japoneses, etc.

Outra combinação notável é que, de um lado, as narrativas estão fartamente pontuadas de poesias que revelam a envergadura de um poeta refinado que, ao mesmo tempo lírico, deixa evidente sua erudição nos clássicos chineses, seu livre trânsito entre as filosofias confucionista, budista e taoísta, com referências muitas vezes misturadas, mostrando sua falta de comprometimento com padrões. São elementos que fazem da obra mais do que uma coleção de histórias fantásticas ou fantasiosas. Em resumo, os *Contos da Tartaruga Dourada* oferecem uma arte literária multifacetada em que estão combinadas a prosa e a poesia, a literatura fantástica e a filosófica, a literatura participativa e a lírica, a erudição e o lúdico, etc.

Registros mostram que a obra, provavelmente escrita na década de 1470, foi amplamente lida e conhecida por seus contemporâneos, mas, depois de um período, veio a cair no esquecimento, sendo impossível encontrar suas edições no mercado. Entretanto, um volume que havia sido levado para o Japão provocou uma redescoberta local do livro quase duzentos anos depois, na década de 1660, ocasionando seguidas impressões em xilogravura, e ele veio a ser reeditado em 1884 em Tóquio. A obra voltaria a ganhar atenção na Coreia quando, em 1927, durante o período da ocupação japonesa, o poeta e pensador Choi Nam-sun redescobriu a obra no Japão e a publicou na revista literária mensal *Gyemyeong* [Iluminação]. Apenas em 1999 é que foi descoberta, numa biblioteca chinesa, uma edição coreana em xilogravura datada do século XVI, cerca de cinquenta anos depois da morte do autor. É importante ressaltar que tanto essa edição coreana quanto aquela posterior, japonesa, trazem, ao final, a expressão "Volume Primeiro", indicando a possibilidade da existência de mais contos a compor volumes ulteriores.

Hoje, são conhecidos exemplos de oito diferentes edições da obra, sendo cinco delas em xilogravura (uma coreana e quatro japonesas) e três manuscritas, estas últimas transcritas com base nas edições japonesas, antes da descoberta da edição coreana na China. De qualquer modo, não se observam grandes diferenças entre elas.

É comum comparar a obra de Kim Si-seup com a de Qu You, autor chinês de *Jiandeng Xinhua* [Histórias novas ao apagar das lanternas][67], coleção de vinte contos datada de 1378, obra representativa da literatura fantástica chinesa. Embora a influência não possa ser negada, uma vez que a dita obra chinesa foi amplamente lida na Coreia, sobretudo no que tange à temática do amor entre um humano e um fantasma, a obra de Kim traz reflexões filosóficas a respeito da vida e da morte que estão ausentes na de seu suposto inspirador, além de buscar uma estética e aclimatação próprias da Coreia, apesar das referências chinesas. A chamada "literatura fantástica asiática", originária da China da dinastia Tang, foi o gênero representativo das narrativas de amor em voga na Ásia anteriormente ao advento da modernidade. Nela, o trânsito entre o mundo dos vivos e o dos mortos, e o amor entre os vivos e os mortos constituem

---

67. A expressão "histórias novas" deve ser entendida como um jogo de palavras com a palavra "mito" (histórias antigas), quase homófonas no chinês (*xinhuà* e *shénhuà*) e exatamente homófona no coreano (*sinhwa*).

elementos temáticos constantes, além da inserção de poemas em sua estrutura para expressar a voz emotiva das personagens, um traço formal que caracteriza o gênero como intermediário histórico entre a poesia e a prosa.

Como é de se esperar, os dois primeiros contos gozaram de maior popularidade, devido à sua temática do amor entre um vivo e uma morta. Por isso, sabe-se que foram incluídos numa antologia de histórias fantásticas do escritor coreano Kim Jib (1574-1656) na primeira metade do século XVI, e também traduzidos para o japonês e incluídos na coletânea *Otogi Boko* (1666), feita pelo escritor Asai Ryoi, junto com as histórias do já mencionado autor chinês.

Por fim, a tradução para o português é resultado da consulta de três edições da obra traduzidas para o coreano moderno, a saber: 1) *Geumo Sinhwa*, Kim Si-seup (trad. Kim Gyeong-mi), Seul: Penguin Classics Korea, 2009; 2) *Geumo Sinhwa*, Kim Si-seup (trad.: Lee Ji-ha), Seul: Mineumsa, 2009; e 3) *Geumo Sinhwa e Jiandeng Xinhua*, Kim Si-seup e Qu You (trad.: Kim Su-yeon, Tak Won-jeong, Jeon Jin-a), Seul: Midasbooks, 2010. Nessas edições, também constam fotos da edição coreana em xilogravura, já referida, numa data presumida entre 1546 e 1567, feita pelo escritor coreano Yun Chun-nyeon (1514-1567).

Y. J. I.

ESTE LIVRO FOI COMPOSTO EM MINION PRO CORPO 12,5 POR
16,5 E OPTIMA CORPO 10,5 POR 16,5 E IMPRESSO SOBRE PAPEL
PÓLEN BOLD 90 g/m² NAS OFICINAS DA ASSAHI GRÁFICA, SÃO
BERNARDO DO CAMPO — SP, EM SETEMBRO DE 2020